奎文萃珍

繡像紅樓夢散套

［清］吴鎬 撰

文物出版社

圖書在版編目（CIP）數據

綉像紅樓夢散套 / (清) 吴鎬撰. -- 北京 : 文物出版社, 2023.1
（奎文萃珍 / 鄧占平主編）
ISBN 978-7-5010-7480-8

Ⅰ. ①綉… Ⅱ. ①吴… Ⅲ. ①雜劇－劇本－中國－清代 Ⅳ. ①I237.1

中國版本圖書館CIP數據核字(2022)第047333號

奎文萃珍
綉像紅樓夢散套 〔清〕吴鎬 撰

主　　編：鄧占平
策　　劃：尚論聰　楊麗麗
責任編輯：李子裔
責任印製：王　芳

出版發行：文物出版社
社　　址：北京市東城區東直門内北小街2號樓
郵　　編：100007
網　　址：http://www.wenwu.com
經　　銷：新華書店
印　　刷：藝堂印刷（天津）有限公司
開　　本：710mm × 1000mm　1/16
印　　張：21.25
版　　次：2023年1月第1版
印　　次：2023年1月第1次印刷
書　　號：ISBN 978-7-5010-7480-8
定　　價：130.00圓

序　言

《綉像紅樓夢散套》十六卷，清代傳奇作品，清吴鎬撰，黄兆魁訂譜。

吴鎬（生卒年不詳），字荆石，別署荆石山民。江蘇鎮洋（今太倉）人。監生。嘉慶間在世。不習制藝，專攻詩古文詞，尤善作戲曲傳奇，筆意古雅。後家道中落，坐酒病卒。著有《荆石山民詩文集》《漢魏六朝志墓金石例》等。

此書一名《紅樓夢曲譜》。其標名爲『散套』，實則有賓白、科介，每折之間不連貫，其體雖似雜劇，而實爲傳奇之變體。該選小説《紅樓夢》原書中重要情事獨立成折，如首出寫元春歸省，二出即寫黛玉葬花，三出寫寶、黛同讀《西厢記》，彼此情節上并不相連。末出《覺夢》系作者以己意增出，寫秦可卿死後警幻仙姑命她掌痴男怨女的三生因果，她召來寶玉、黛玉、鳳姐、尤三姐、迎春、晴雯等，爲他們了結情緣。卷前有乙亥（嘉慶二年，一八一五）聽濤居士《紅樓夢散套序》，云：『《石頭記》爲小説中第一异書，海内争傳者已數十載，而旗亭畫壁，鮮桉紅牙。顧其書事迹紛繁，或有夫已氏强合全部作傳奇，即非制曲家有識者所爲，况其抒詞發藻又了不足觀歟？』『强合全部作傳奇』者，即指仲振奎。蓋作者鑒于仲氏《紅樓夢》傳奇强合全書爲一劇，故特作『散套』，各出擇其事迹佳者譜之。李調元評此書曰：『其曲情亦凄婉動人，非深于《四夢》者不然能也。』（《雨村曲話》卷三）吴梅謂其『膾炙人口，遠勝仲（振奎）、陳（鍾麟）兩家』（《中國戲曲概論》）。每出配圖二幅，共三十二幅。刻畫細膩，頗有情趣。刻工爲太倉張三浩。《紅樓夢散套》問世後，曾一度活躍于戲曲舞臺。清道光間楊掌生《長安看花記》即有《散套》在劇場演出的記載，云：『餘獨心折荆石山民所撰《紅樓夢散套》，爲當行作得。……《散套》自譜工尺，故旗亭間亦歌之。』民國七年（一九一八）《小説季報》録有朱瓣香遺著《四悔草堂詩草别存》，内有作者觀看《紅夢夢散套》所賦七絶一首，詩云：『都將恨事付瓊蕭，亦有神仙怨寂寥。聽唱流泪多少句，人間天上總無情。』是此劇演出時頗具感染力，能讓人幾度傷情泪下。

《紅樓夢散套》有嘉慶間蟾波閣原刊本，又有同時期之影刻本，與原刻極肖。另有光緒八年（一八八二）翻刻本，民國二十二年（一九三三）農商書局排印本、民國二十四年（一九三五）啓新書局石印本。此據嘉慶蟾波閣原刊本影印。

葛瑞華

二〇二二年七月

荆石山民填詞

繡像紅樓夢散套

曲譜附

蟾波閣刊本

因幻成癡因癡成夢梦覺癡醒一場爨弄此非綺語亦非情禪譜漠曲曲作如是觀噫樓頭公案分明在你既無心我也休矣矣

懺摩居士

紅樓夢散套序

石頭記爲小說中第一異書海内爭傳者已數十載而旗亭畫壁鮮按紅牙顧其書事跡紛繁或有夫已氏強合全部作傳奇即非製曲家有識者所爲況其抒詞發藻又了不足觀歎荊石山民向以詩文著聲暇乃出其餘技作散套示睞夫曲之一道使村儒爲之則墮白兎殺狗等惡道猥鄙俚褻即斤斤無一字乖調亦非詞人

口吻使文士為之則宗香囊玉玦諸劇但矜餖飣安腔撿韻畧而勿論又化為鈎輈格磔之聲矣今此製選辭造語悉從清遠道人四夢打勘出來益復諧音協律窈眇鏗鏘故得案頭俊俏場上當行兼而有之凡善讀石頭記者必善讀此曲固不俟余言為贅也乙亥竹醉日聽濤居士書

紅樓夢散套題詞

元夕冰輪耀素華葛覃雅樂送鸞車滿園羅綺金釵輩便是毫端五色花歸省

小庭紅雨春殘後描畫瓊閨兒女癡百種聰明千種恨埋香塚畔淚連絲葬花

輕風散夢總無痕幻境均須彩筆論此後紅牙新按拍有情人更暗銷魂警曲

一卷聽秋新樂府勝他祭酒秣陵春我鄉自梅村祭酒作秣陵

春後百餘年無製曲家今僅見此刻珊然一个孤悽影讀向寒閨定愴神　聽秋

芙蓉枝下泣鮫綃老眼看来淚亦拋應付君家寫韵手浣花箋上細傳抄　凝誄

翠擁珠圍動佩音清歌聲裏玉杯斟當場畧照歸元鏡費盡才人一片心　顰誕

巧樣翻新詞幾闋煙雲在手好文機蘅蕪愁與瀟湘恨共對瑤緘涕暗揮　寄情

漫說彈毫能覺夢早參泡電悟三生只愁慧業挑公子記曲重增紅豆情 覺夢

璞山老人題

自題紅樓夢散套

愁城愛海逗癡兒怨女聰明耽惑一縷情絲柔似許繞得纏緜悱惻綠綺傳心翠綃封淚償了靈河債樓空人散夢緣留在緗帙　我亦初醒羅浮酸辛把卷未悟空和色撿取埋香芳塚恨譜出斷腸花拍駐彩延華揉酥滴粉愧少臨川筆春宵低按杜鵑紅雨應濕

寄調百字令　　荆石山民

紅樓夢散套

目錄

太倉張浩三鐫

工妻専牧亭圖歸省

詹文

紅樓夢第五回

紅樓夢散套第一

荆石山民塡詞

歸省

雜扮內侍四名宮娥四名正旦扮賈妃上

【黃鐘】畫眉序　綵仗趁香風。七寶仙軿下九重。喜鴻基祚固。鼎運昌隆。列貂璫象服增華。映蛾鬟雀釵承寵。星毬火樹輝元夕。匝地昇平歌頌。

【集曹唐句】休道蓬萊歸路長。細環淸佩響丁當。霓旌著地雲初駐。侍從皆騎白鳳凰。我賈元春是也、祖賈代化、襲封榮國公、祖母史氏、晉封一品夫人、父親賈政、官任工部員外、母親王氏、誥授宜人、我自幼絳紗繫臂、選入椒庭、青綬垂腰、久操彤管、荷螽斯之雅化、感螭陛之優恩、晉授鳳藻宮尚書、賜號賢德妃、著金環而御夕、每司分繭之勞、鳴玉佩以鶩晨、淑沐貫魚之寵、克修女誡、以備內官、欣逢景運光亨、鴻圖丕炳、天顏有喜、俯憐烏鳥私情、聖德難名、准奏葛覃雅樂因此命駕瑚輿、竟歸珂里、一切禮儀、已在前殿敘過、衿纓奉侍尚依稀舊日房櫳耳鬢厮磨重認取當年弟妹目下來到園中、你看桂宮高敞、蘭殿巍峩、瓊枝與火樹交輝、繡檻共綺窗相映、蝦鬚簾捲、鼎飄沉水之香、龜甲屏開、笛引繞梁之韻、只覺太奢華靡費了、內侍、應介吩咐暫停簫管、請太夫人等上殿、向內宣介淨扮賈母外扮賈赦老生扮賈政老旦二人扮邢王兩夫人

上

【賞宮花】合 春涵蘂宮鳳來儀。聖德濃。恰喜那頭番的圓月鏡長空。拜介 正旦起立 看坐介 內侍列座衆謝坐介 太液恩波眞浩浩。天倫樂事正融融。

正旦 女兒雖得榮貴、然骨月分離、轉不如田舍之家、可遂天倫樂事、老生 臣等草莽寒門、豈意瑞徵鸞鳳、此皆日月精英祖宗遠德、政等雖夕惕朝乾、忠于厥職、豈能酬報萬一、念臣呵、

【啄木兒】叨餘蔭襲舊封更遭際玉勝徵祥出女宗只道是老郎官白首星曹誰承望列椒房趙李歌鐘惟願貴妃呵宜男草向堯門種還要婉娩仙算西池永再休得垂顧家園念阿翁

內侍 稟娘娘排宴、正旦 伯父與父親外廂休息、請姱媽同妹妹們來一敘、外 老生應下 老旦 我乃薛門王氏是也、小旦 我乃薛寶釵是也、旦 我乃林黛玉是也、正旦 我乃李紈是也、貼 我乃王熙鳳是也、雜旦 我乃賈迎春是也、小生 我乃寶玉是也、雜旦 我乃探春是也、雜旦 我乃惜春是也、合 娘娘命我等侍宴、就此同去、

【賞宫花】合 金迷翠籠是花叢是錦叢鐙橋凝玉樹、一團紅 衆拜正旦起立介 銀漢高懸晶餅月蘭堂、輕拂寶箏風。

內侍排宴元妃正中一席東薛姨媽邢夫人寶釵李紈迎春探春西賈母王夫人黛玉鳳姐寶

玉惜春各就席立介薛姨媽賈母邢王兩夫人

送酒

一杯爲壽、願娘娘千歲康平、

神仗兒獻瑶斝酒鱗風動獻瑶斝酒鱗風動看這

菜甲春盤只是家庭淸供一般兒蠶母趨陪一樣

的齋娘承奉願長樂未央宮願長樂未央宮

寶釵黛玉送酒介敬獻瑶觴、願祝娘娘千秋介

福、

前腔露春纖金罍高捧露春纖金罍高捧讀了這

碧字香生一片綵毫雲滃眞抵得大篆龍蛇剛照着小天星衆（正旦）方纔諷吟兩妹錦篇、迥非愚姊妹等可及、（兩旦）娘娘過譽了、笑初學愧雕蟲笑初學愧雕蟲

李紈等送酒介潔卮稱祝、願娘娘千齡叶慶、

【前腔】奏雲韶蘭樽再送奏雲韶蘭樽再送颺風前綵袖高擡逗著佩環微動儘麻姑笑指東溟一任他瑤砂露重攀瑚輦且從容攀瑚輦且從容

正旦介 取酒來待俺答敬一樽、衆 實不敢當

此禮、 訥娘娘台坐、正旦 既如此此宮娥們代俺斟

酒、雜應向各杯斟介正旦

〔綠都春序〕璇閨嚴重難得是好元宵。親和族團圞

共感皇朝敦親崇孝多殊寵。全家齊把堯天頌。合

綺筵前珠圍翠擁。願年年此夕笙歌西第人月圓

同。

收席內侍禀介 時己丑初、請娘娘到櫳翠菴拈

香、衆我們先去候著、各下正旦

〔尾聲〕白髮高堂話正濃時牌促駕太忽忽可能得今夜司天蓮漏永

紅樓夢散套

婁東黃兆魁訂譜

歸省

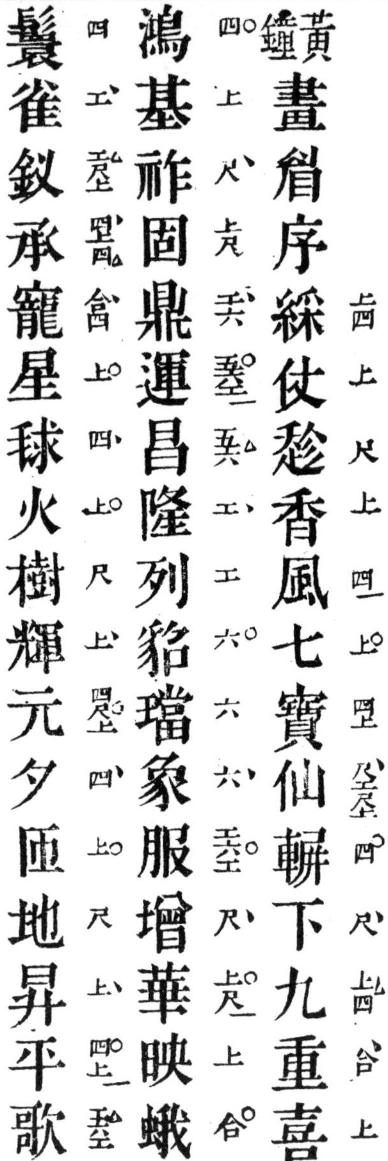
黃鐘
畫眉序綵仗趁香風七寶仙軿下九重喜
鴻基祚固鼎運昌隆列貂璫象服增華映蛾
鬟雀釵承寵星毬火樹輝元夕匝地昇平歌

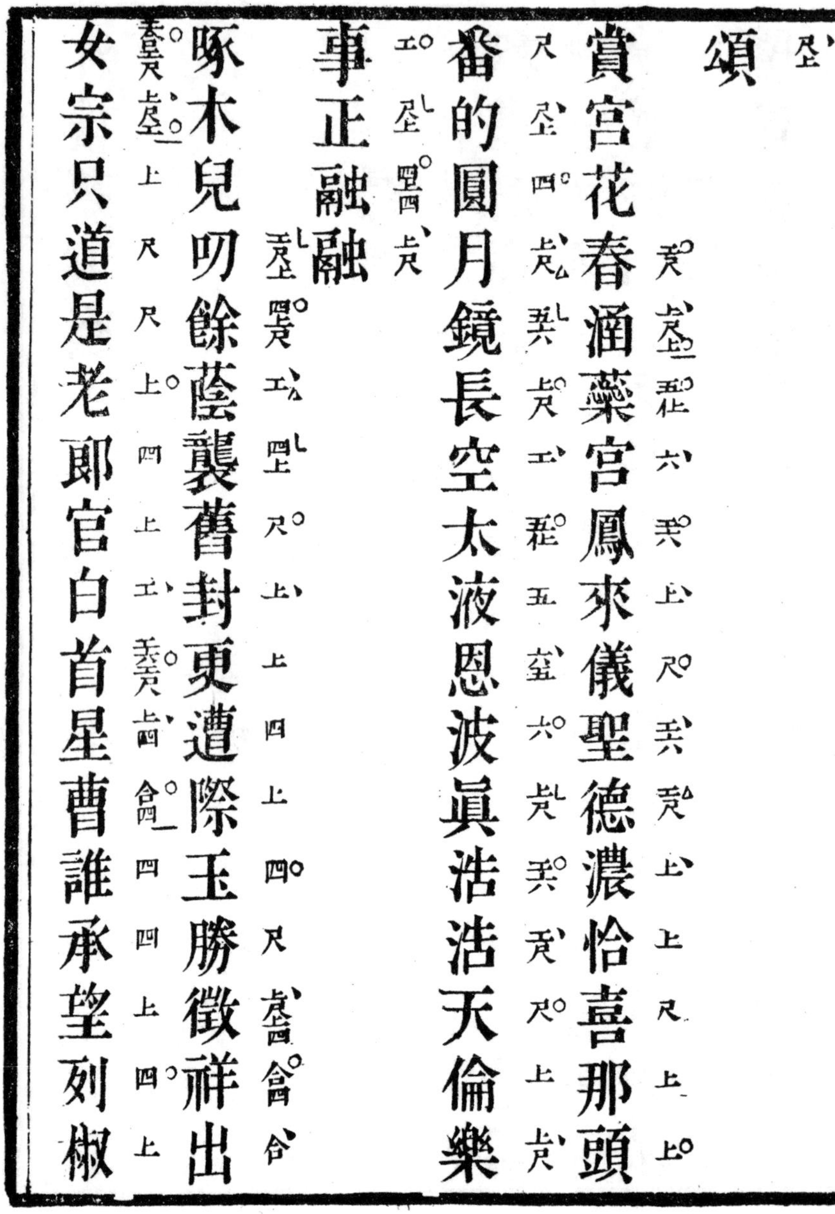

頌

賞宮花春涵藥宮鳳來儀聖德濃恰喜那頭番的圓月鏡長空太液恩波眞浩浩天倫樂事正融融

啄木兒叨餘蔭襲舊封更遭際玉勝徵祥出女宗只道是老郎官白首星曹誰承望列椒

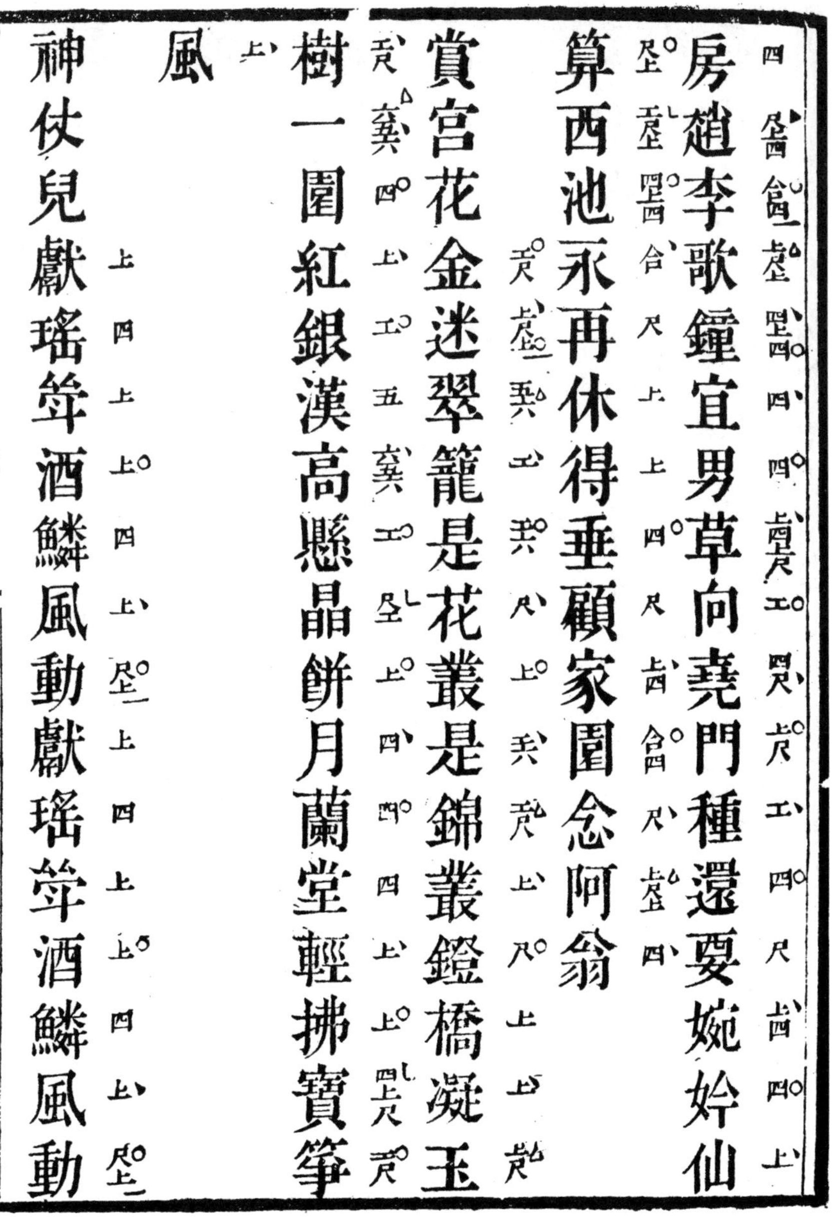

房櫳李歌鍾宜男草向堯門種還要婉姈仙

算西池承再休得垂顧家園念阿翁

賞宮花金迷翠籠是花叢是錦叢鐙橋凝玉

樹一園紅銀漢高懸晶餅月蘭堂輕拂寶箏

風

神仗兒獻瑤斝酒鱗風動獻瑤斝酒鱗風動

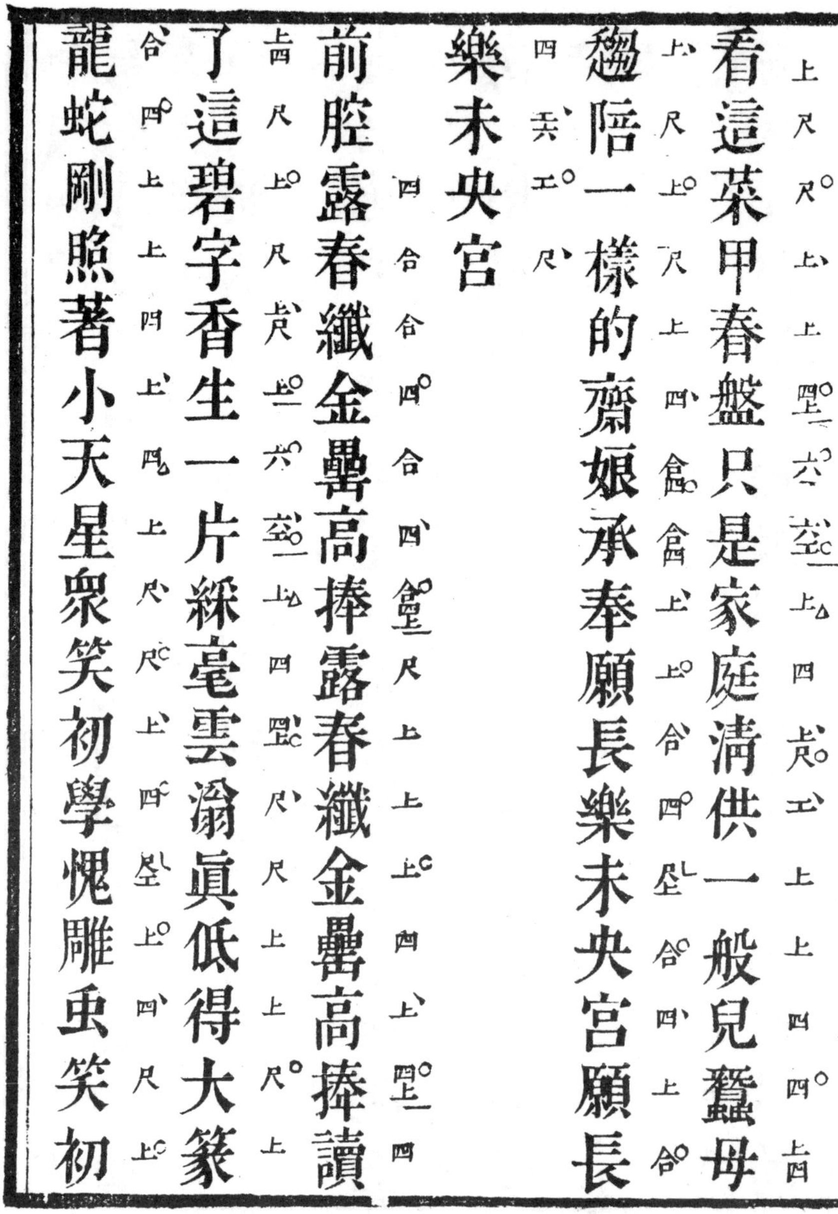

看這萘甲春盤只是家庭清供一般兒蠶母繖陪一樣的齋娘承奉願長樂未央宮願長樂未央宮

前腔露春纖金罍高捧露春纖金罍高捧讀了這碧字香生一片絲毫雲滃眞低得大篆龍蛇剛照著小天星衆笑初學愧雕虫笑初

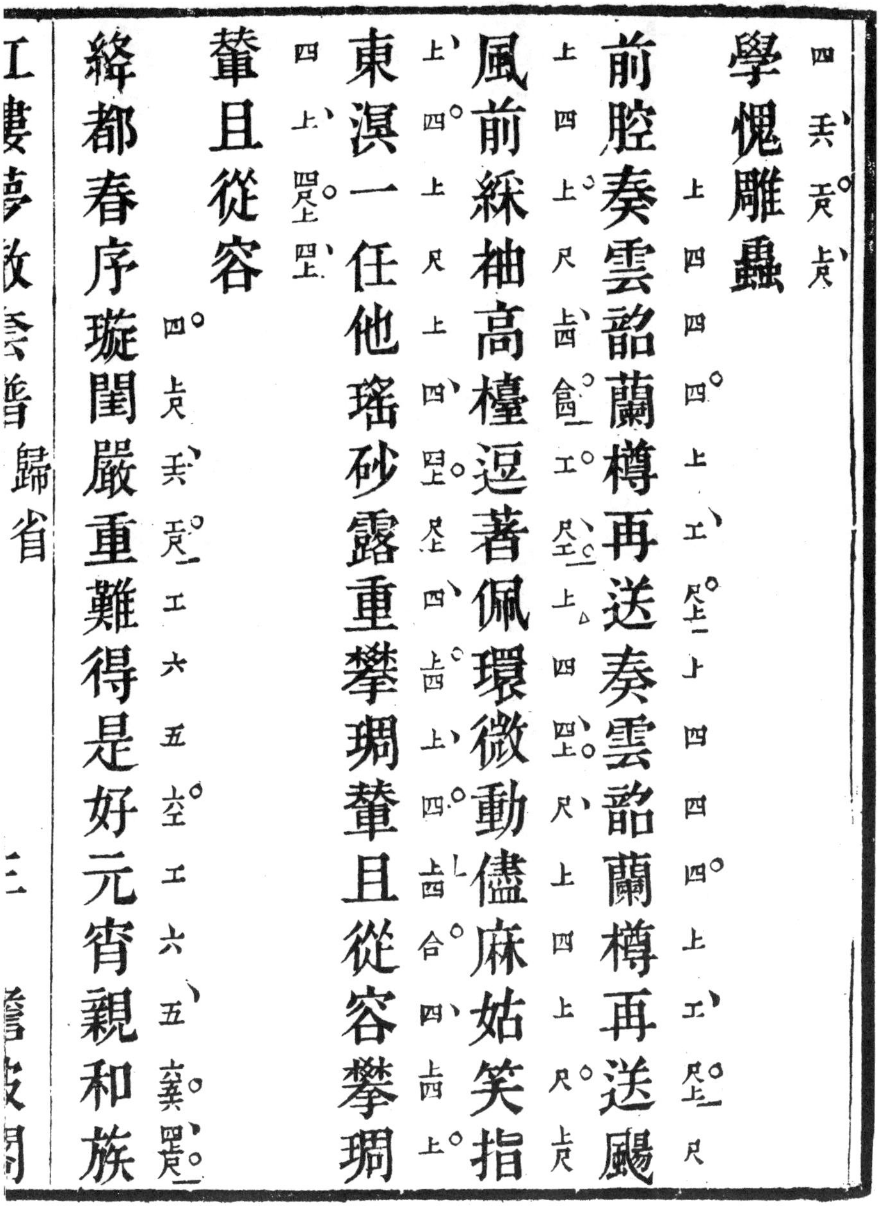

四 五六 六五 上尺

學愧雕蟲

上 四 四 四 上 工 尺上 上 四 四 四 上 工 尺上 尺

前腔奏雲韶蘭樽再送奏雲韶蘭樽再送颺

上 四 上 尺 上四 合四 工 尺工 上 四 四上 尺 上 四 上 尺 上尺

風前綵袖高檯逗著佩環微動儘麻姑笑指

上 四 上 尺 上 四 四上 尺上 四 上四 上 四 上四 合 四 上四 上

東溟一任他瑤砂露重攀瑚輦且從容攀瑚

四 上 四上 四上

輦且從容

四 上尺 五六 六五 工 六 五 六工 工 六 五 六五 尺上

絳都春序璇閨嚴重難得是好元宵親和族

團圞共感皇朝敦親崇孝多殊寵全家齊把

堯天頌綺筵前珠圍翠擁願年年此夕笙歌

西第八月圓同

尾聲白髮高堂話正濃時牌促駕太恩恩可

能得今夜司天蓮漏永

葬花

紅樓夢散套第二

荆石山民填詞

葬花

旦肩花鋤佩紗囊攜羽箒上

【北雙調】新水令甚韶華如許易飄零冷惺忪梨雲夢醒闌風吹袂舉香屧踏莎輕池水盈盈照見我病根苗愁形影

花謝花飛飛滿天紅消香斷有誰憐遊絲軟繫飄春榭落絮輕沾撲繡簾我林黛玉自進芳園、

居停湘館、三千翠鳳長繞粧臺萬片綠雲平侵眉秀撫茲勝地、愜我幽懷、只是草號寄生花名獨活雖則羅帷繡幕同稱掌上之珍無如瑤想瓊思恐作風中之絮六時悵悵百感茫茫　咳朱鳥窗前每彈別鶴青鸞鏡裏難展修蛾適當春序將闌、落紅滿地、悼他花劫、觸緒增悲痛愛護之無人嘆漂流於何底爲此備下羽箒盡數掃來貯在紗囊、埋之淨土、庶不負了東皇長養南

國芳華你看揉香搓粉煞是可憐人也、

【南越調】【綿搭絮】抵多少彩雲紅雨暗長亭一味價碎錦殘綃似墜樓人受逼凌夢蘅蕪魂斷娉婷煙消紫玉霧散瑤瑛豔質芳枝一例的苦蒂危根了此生

且行向沁芳閘去、

【前腔】攜了這荊苕小小繞隄行休認做閒踏天門御仙風翠鳳翎這紗囊呵、也算是殮瑤姬雲母留

形嘆珠襦玉匣一樣沉冥塵刼茫茫羡殺他不老仙春碧海瀛

早間紫娟說寶哥哥到東府去了、且繞過這怡紅院者、

【黑麻令】步過這鳬汀鶴汀收拾了那些殘英敗英呀小薔薇抓住香纓怕聽這綠陰中鶯聲燕聲只當做哀猿嘯聲唬鵑泣聲那里是綺榭芳庭只似那愁城夜城

恰喜地杳殘紅、紗囊將滿好築花塚了、揮鋤作

葬介

【商調集曲】【八寶粧】【金梧桐】消磨却三生綺陌天領受了半晌陽和境一霎風光做一霎淒涼景【四塊金】可憐他謫下蓬山移來繡嶺【五更轉】本來是孤苗悴葉懨懨損禁他雨雨風風釀就了紅顔薄命【琥珀貓兒墜】空留這護花幡拂護花鈴【三台令】尚兀是送丁丁隔院聲

【山坡羊】雖則是一抔瘠壤臙脂冷較勝了落溷飄藩

逐浪萍〔綠襴衫〕這不是惺惺從古惜惺惺〔駿甲馬〕要曉得我異鄉孤另影說不盡那羅綺叢中悽楚情梧桐墜五更〔梧桐樹〕春暉午乍亭芳樹陰初正一現優曇便是蛾眉的小影這个土饅頭呵雖沒有白楊數樹蕭疎映也須得寒食清明哭幾聲〔五更轉〕俺只待把蚕絲燭淚都擔領猛地酸辛（揾淚介）嘑珠交迸

葬花已畢不免以哀歌弔之（吟曰）儂今葬花人

笑癡他年葬儂知是誰。一朝春盡紅顏老。花落

人亾兩不知。

【前腔】謅幾句悽悽腸斷聲。唱一套黯黯傷心令。碎韻零章也抵得半統殘碑賸。斗想起當日呵、香車細碾雷塘徑。咳這便是小玉勾斜宮女塋。只少點三更鬼火星星影。一樣的瘞玉瘞瘞埋香瞑瞑。

時已過午、不免回去罷。

【尾聲】迴避了畫牆陰。苔蘚青拭。褪了鮫綃紅冷。則

留下一點越梅酸閣住在小心窩終夜哽

葬花

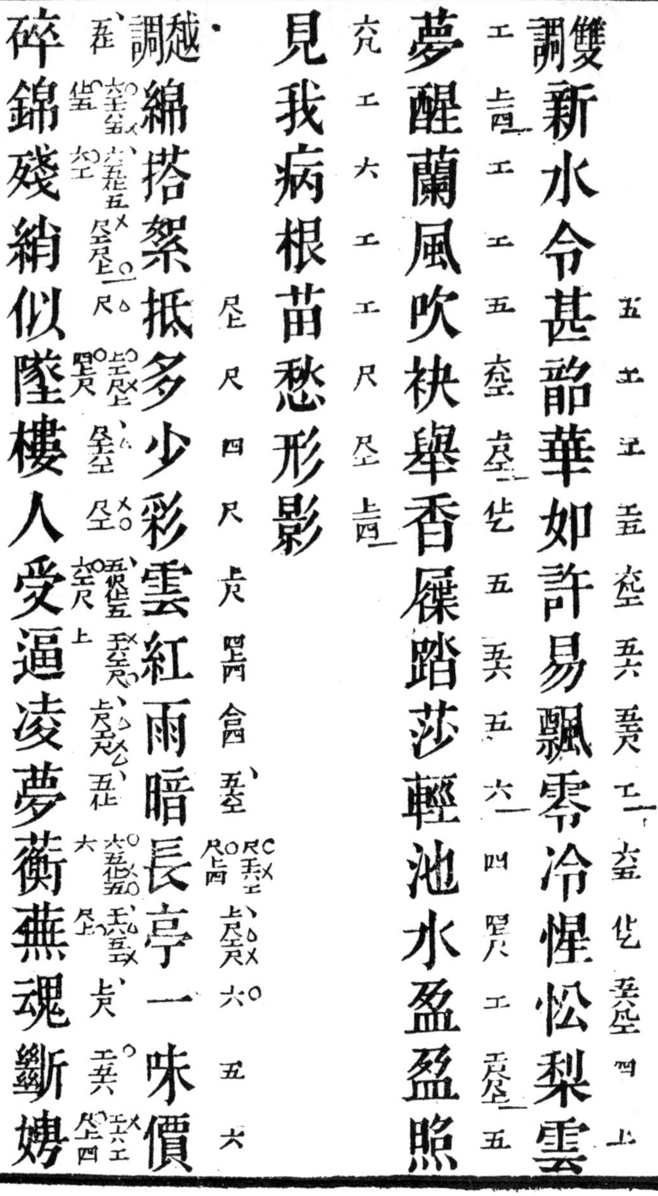

雙調 新水令甚韶華如許易飄零冷惺忪梨雲夢醒蘭風吹袂舉香屧踏莎輕池水盈盈照見我病根苗愁形影

越調 綿搭絮抵多少彩雲紅雨暗長亭一味價碎錦殘綃似墜樓人受逼淩夢蘅蕪魂斷娉

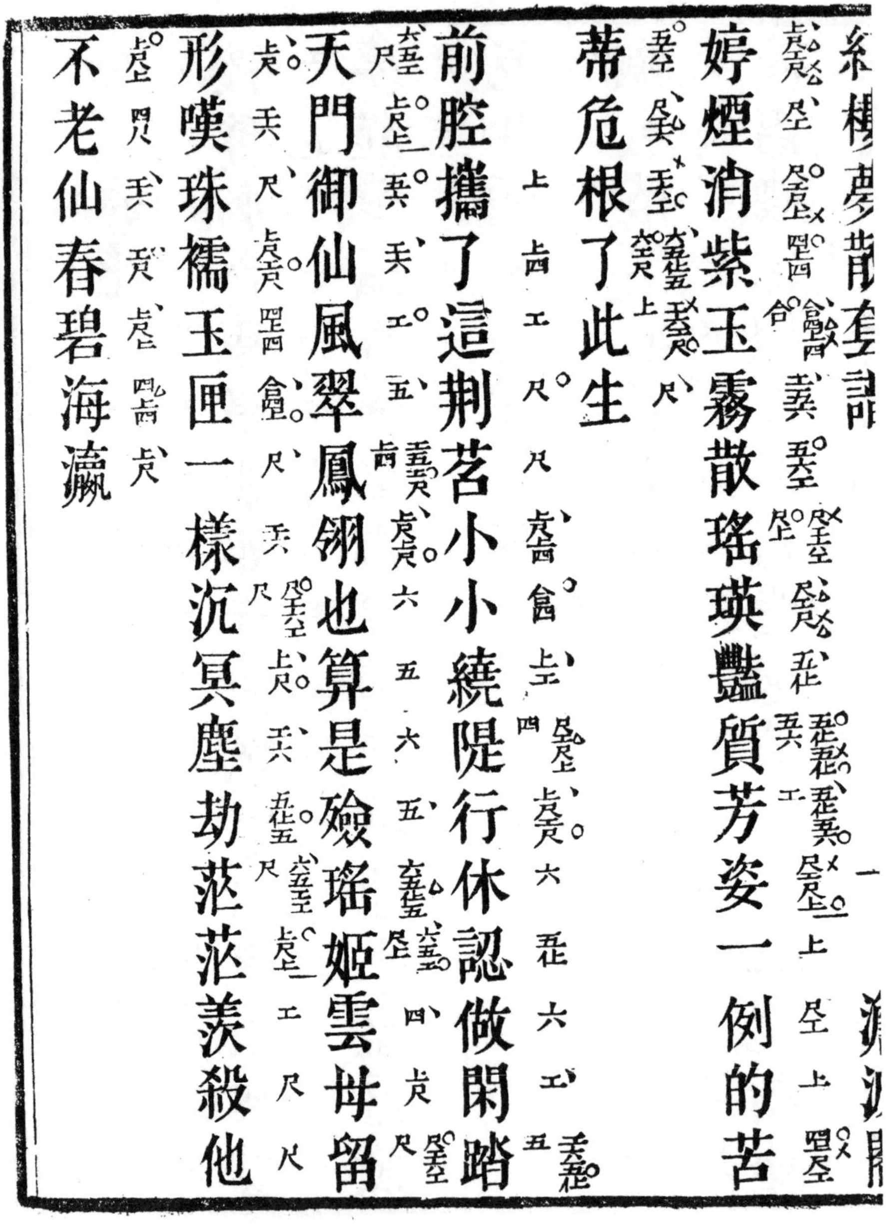

婷煙消紫玉霧散瑤瑛豔質芳姿一例的苦

蒂危根了此生

前腔攜了這荆茗小小繞隄行休認做閑踏

天門御仙風翠鳳翎也算是殮瑤姬雲毋留

形嘆珠襦玉匣一樣沉冥塵劫茫茫羨殺他

不老仙春碧海瀛

黑蟖令步過這鳧汀鶴汀收拾了那些殘英敗英小薔薇抓住香纓怕聽這綠陰中鶯聲燕聲只當做哀猿嘯聲唬鵑泣聲那里是綺謝芳庭只是那愁城夜城

商調 八寶粧 金梧桐首至四

消磨却三生綺陌天領受了半晌陽和境一霎風光做一霎凄涼景 四塊

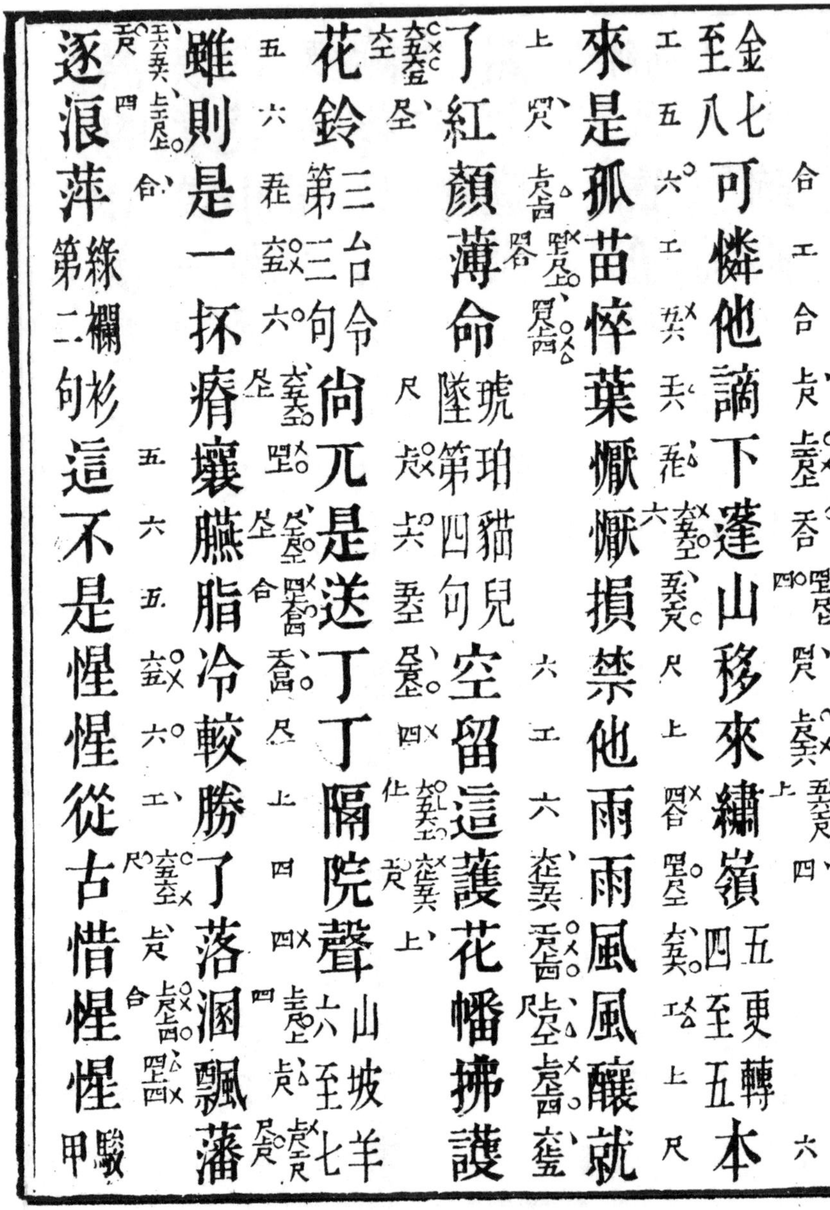

紅樓夢散套詞　二　蟾波閣

金七至八可憐他謫下蓬山移來繡嶺五更轉四至五本來是孤苗悴葉懨懨損禁他雨雨風風釀就了紅顏薄命琥珀猫兒墜第四句空留這護花幡拂護花鈴三台令第三句尚兀是送丁丁隔院聲山坡羊六至七雖則是一抔瘠壤臙脂冷較勝了落溷飄藩逐浪萍綠襴衫第二句這不是惺惺從古惜惺惺駿甲

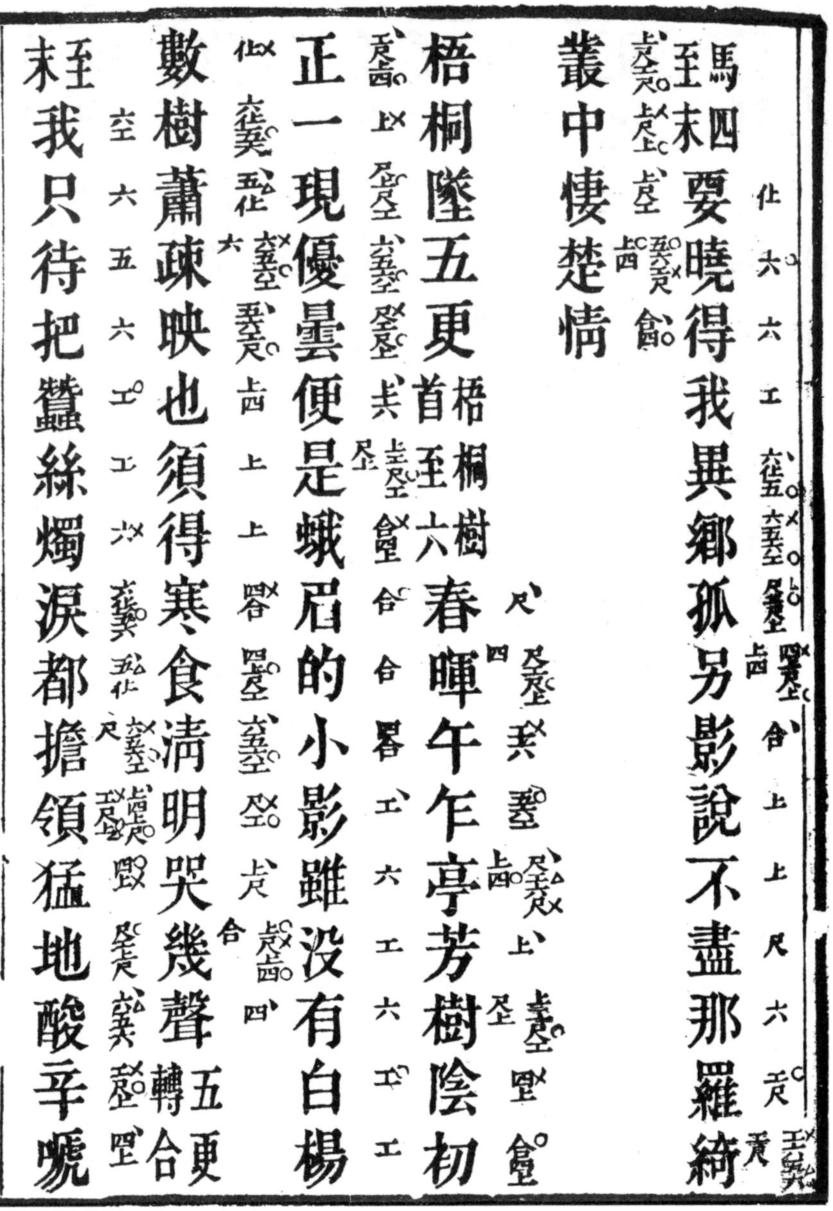

馬四至末要曉得我異鄉孤另影說不盡那羅綺叢中悽楚情

梧桐墜五更 梧桐樹首至六 春暉午乍亭芳樹陰初正一現優曇便是蛾眉的小影雖沒有白楊數樹蕭疎映也須得寒食清明哭幾聲 五更轉合至末 我只待把蠶絲燭淚都擔領猛地酸辛唬

珠交迸

前腔 謅幾句悽悽腸斷聲唱一套黯黯傷心令碎韻零章也抵得半統殘碑賸香車細碾雷塘徑這便是小玉勾斜宮女塋只少點三更鬼火星星影一樣的瘞玉淚淚埋香暝暝

尾聲 迴避了畫牆陰苔蘚青拭褪了鮫綃紅

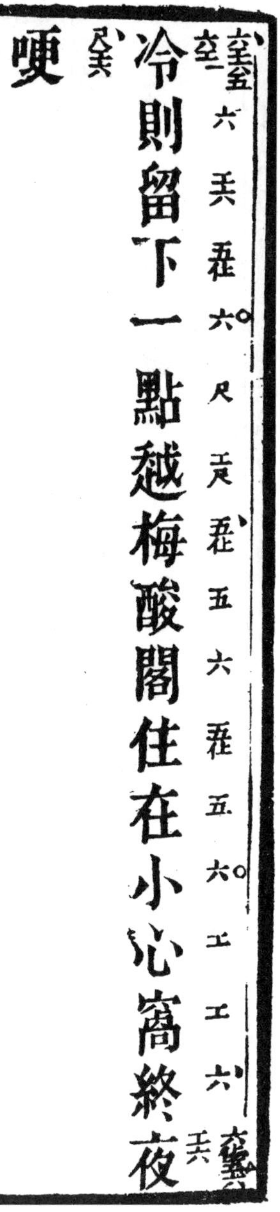

冷則留下一點越梅酸閣住在小沁窩終夜哽

紅樓夢散套圖 警曲

紅樓夢散套第三

荆石山民填詞

警曲　生上袖西廂一本

阮籍塵機。少稽康世慮疎。好排花下席。且讀杭中書。晝長無可消遣、攜得會眞記曲文小坐椰陰、飽看一回者、

【仙呂】【望遠行】芳園靜晝。一道裊腰綠。秀錦片春光。好把清詞懷袖。展卷介。看。他。待。月。鶯。雛。締。了。颭波鴛

耦又引起三生情實

旦上 解語牡丹纔馥馥、織愁楊柳又婷婷、呀 原來寶哥哥在此看什麼書、生 不過是中庸大學、旦 又來弄鬼、趁早給我瞧瞧、生 授書與旦介 真好文章、想妹妹也賞讚的、旦 作看介

【梓枝香】生 非秦非柳、陶寫就閑心妙手、為傳他卷裏崔嶽、平揑出天邊張宿、彩毫端似春雲展收、春雲展收、靈機迤逗、這纔是文章星斗、好風流、憑他

慧業才人筆描出瓊閨弱女愁

旦 那雙文煞是可憐也

前腔 孀孤相守寓蒲東普救繡屏前白髮淒涼粧閣裏紅娘卽溜結西廂鳳儔結西廂鳳儔牆花陰逗迎風戸扣只落得恨悠悠棄置憑誰道羞郎轉自羞

皂花鶯 皂羅袍 生 休爲蕭娘眉綳愛吹花嚼蕊粉滴酥揉且看他出格好溫柔 水紅花 旦 細凝眸又何須

暗拋紅豆。這絕妙好詞呵只合借雙成笙管傳向碧雲樓。生笑介我便是多愁多病身、你就是傾國傾城貌了、旦怒介怎把淫詞來欺負我、告訴舅母去、生攔揖介原是說錯了、並不敢有心的、旦回身笑介呸

〔黃鶯兒〕原來也是銀樣蠟鎗頭

生怎麼你也說這个呢、旦啞你會過目成誦、難道我女孩兒家、就不能一目十行嗎、貼扮晴雯上二爺老太太找呢、快過去罷、生妹妹我且暫

去你休要感傷旦點頭生下內唱牡丹亭遊園

裊晴絲一曲

【金盞兒】旦猛聽得風送清謳。是梨香演習歌喉。一聲聲緣怨紅愁。一句句柳眷花羞。內唱姹紫嫣紅

介旦呀原來曲中也有如許好文章的。教我九曲迴腸轉。蹙損了雙眉岫。姹紫嫣紅幾日留。怎不怨着他錦屏人看賤得韶光透。想伊家也為著好春孱僽。咳。黃土朱顏一霎。誰長久。豈獨我三月厭

猷一月厭厭度這奈何時候

內唱如花美眷一曲旦蹲坐聽訖、呀這又不是

女孩兒口氣了、

前腔　那里是催短拍低按梁州也不是唱前溪輕蕩扁舟一心兒鳳戀凰求一弄兒軟欵綢繆這的是有个人知重著意把微詞逗眞箇芳年水樣流怎怪得他惜花人掌上兒奇擎㲉想從來如此的鍾情原有咳今古如花一例一例的傷心否把我

體輭咍咍體輭咍咍坐倒這苔錢如繡

曲譜一道，向來未習，如今也要留心也。

【江兒水】似聽瓊枝曲，如聞幔捲紬。一聲河滿纔離口，兩行玉筯羅襟透。分明子夜傷心又，如此好天長晝。鏡裏容華，明日更應消瘦。

夕照將殘，且歸去者。

【尾聲】落花飛絮關心候，又學那撅笛宮牆把曲偷。俺呵只好掩著幽閨自憐還自守。

警曲

仙呂 望遠行芳園靜晝一道[illegible]臍綠秀錦片春光好把清詞懷袖看他待月鶯雛締了颭波鴛耦又引起三生情竇

桂枝香非秦非柳陶寫就閒心妙手爲傳他卷裏崔嶶平捏出天邊張宿彩毫端似春雲

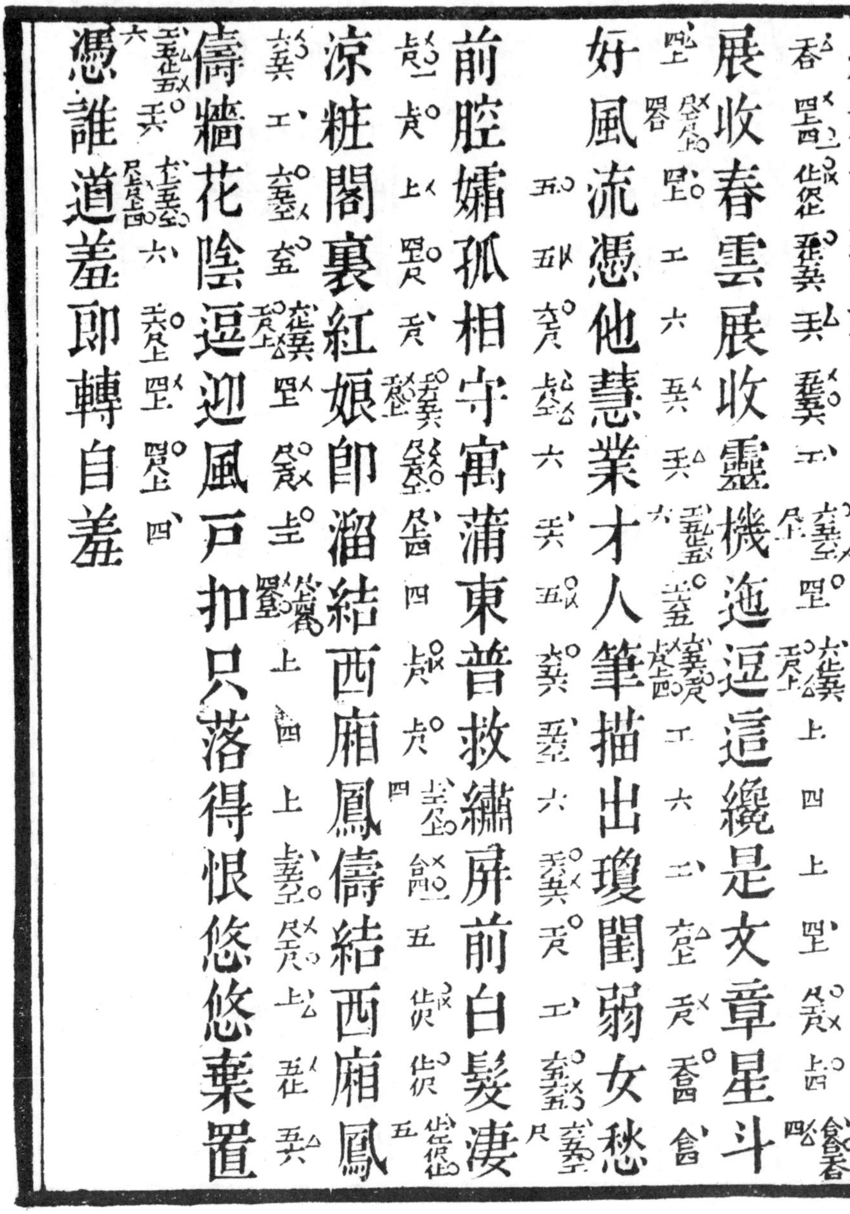

展收春雲展收靈機迤逗這纔是文章星斗

好風流憑他慧業才人筆描出瓊閨弱女愁

前腔孀孤相守寓蒲東普救繡屏前白髮淒

涼粧閣裏紅娘即溜結西廂鳳儔結西廂鳳

儔牆花陰逗迎風戶扣只落得恨悠悠棄置

憑誰道羞即轉自羞

皂花鶯 皂羅袍首至三 休爲蕭娘眉皺愛吹花嚼蕊

工 六工 五六 工 五 五 六 五六 六 六 五六 工尺 六 五六 尺 上尺 工尺 六五 尺 上 上 四 合 五六 尺

粉滴酥搓且看他出格好溫柔 水紅花五至六 細凝

工尺 六 工 六 五 六 上 尺 上 四 合 上 四 上尺 四上 工 五

眸又何須暗抛紅豆只合借雙成笙管傳向

六 尺 工 四 四 上四 尺 五六 五工 尺 合上 四上

碧雲樓 黃鶯兒八至末 原來也是銀樣蠟鎗頭

上四 上 上 上 合上 四 四 上尺 四上尺 上 四合 四尺 五工 上尺

金盞兒猛聽得風送清謳是梨香演習歌喉

六 六 六 五工 六五 上 尺工 上 尺 上 四尺 五尺 上尺 四 工 合 工

一聲聲絲怨紅愁一句句柳眷花羞教我九

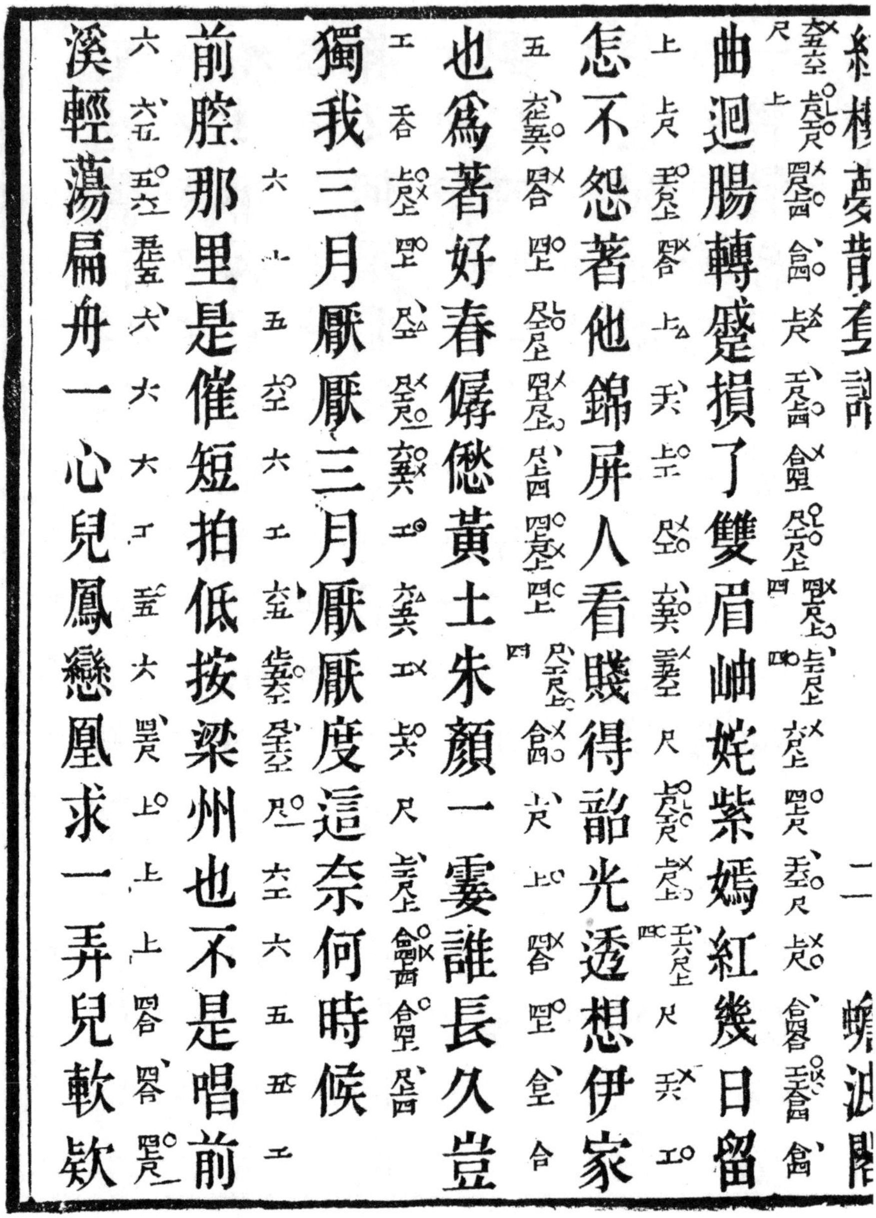

曲迴腸轉甓損了雙眉岫姹紫嫣紅幾日留
怎不怨著他錦屏人看賤得韶光透想伊家
也爲著好春僝僽黃土朱顏一霎誰長久豈
獨我三月厭厭三月厭厭度這奈何時候
前腔那里是催短拍低按梁州也不是唱前
溪輕蕩扁舟一心兒鳳戀凰求一弄兒軟欵

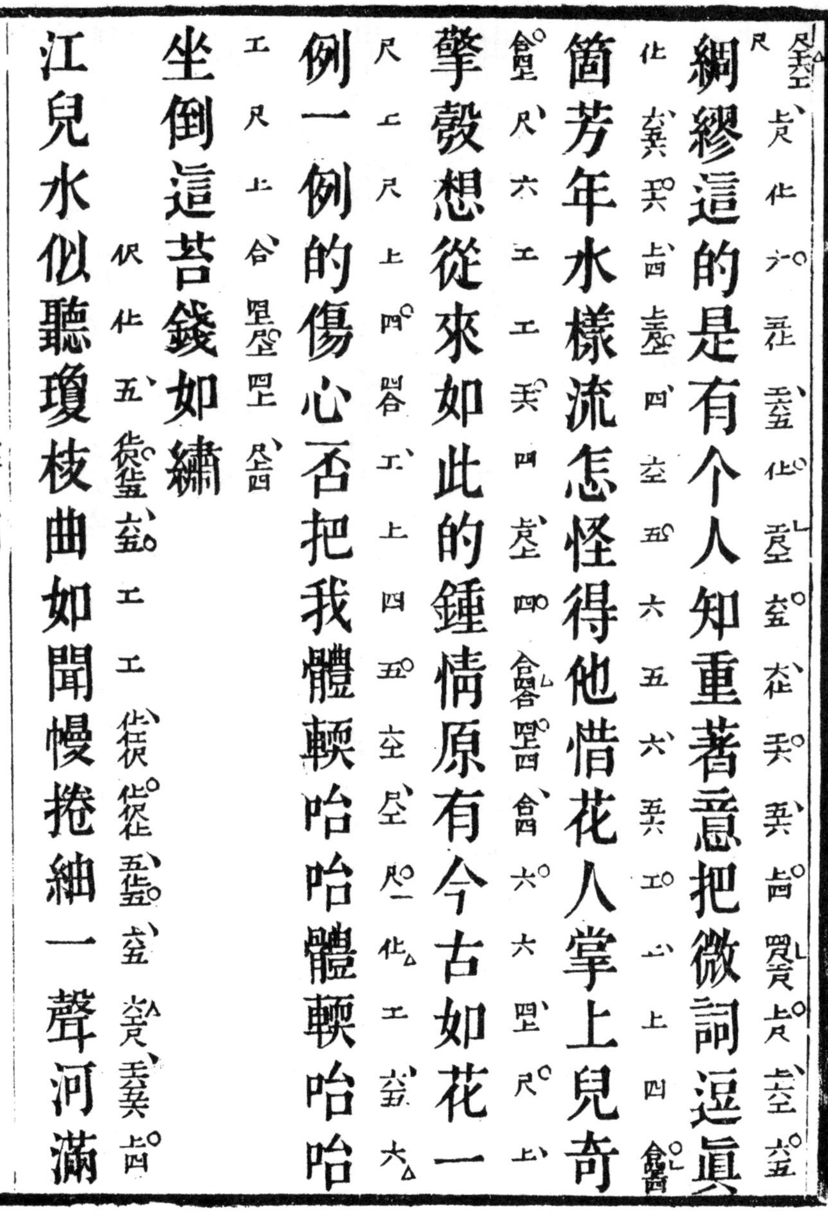

綢繆這的是有个人知重著意把微詞逗眞

箇芳年水樣流怎怪得他惜花人掌上兒奇

擘殼想從來如此的鍾情原有今古如花一

例一例的傷心否把我體輭哈哈體輭哈哈

坐倒這苔錢如繡

江兒水似聽瓊枝曲如聞慢捲紬一聲河滿

紅樓夢散套　警曲　三

纔離口兩行玉筯羅襟透分明子夜傷心又如此好天長晝鏡裏容華明日更應消瘦

尾聲落花飛絮關心候又學那擫笛宮牆把曲偷只好掩著幽閨自憐還自守

江妻喜效余圖 擬題

詹岐寫

紅樓夢散套第四

荆石山民塡詞

擬題 小旦雜旦同上

中呂【金菊對芙蓉】小旦 蘇錦文名謝簾風韻埽眉才子休誇論蘭閨靜媛不在詞華 雜旦 一般似狂阮籍情懷曠達愁潘岳意緒嗟呀 合 繡餘鴛枕織殘鳳帕擬咏寒花

【集葉小鶯句】【風蟯令】小旦 桂已檀黃櫶蓮初黛

粉乾嫦娥眉又小檀彎照得滿階花影只難攀

雜旦陶令一尊酒難消萬古愁問天肯借片雲浮嫋嫋乘風歸也上瀛洲

小旦雲妹妹我方纔的話是一片眞心爲你你休要多心說我小看了你

雜旦寶姐姐你這樣說到是有心待我了

小旦你說要咏菊花眼前到也合景只是前人做的太多了這詩品呵

千秋歲論詩家總不在韻險題纖巧分甚麼懷珠

拾耳也不在斑管雲飛斑管雲飛便顯的七步風檣陣馬只要的靈機逗多瀟灑新詞秀多閑雅水、、、、、、、、、、、、、到憑渠瀉便是鈎心鬬角散彩紛霞

雜旦 我也想的、恐怕落了熟套、不能主意清新、

小旦 有了、如今以菊爲賓、以人爲主、擬出幾个題目來賦景咏物、兩下相關、便見新鮮了、

雜旦 只是不知用何等虛字纔好、你且先想一个來、

南呂集曲 三十腔 繡帶兒 旦 須就著前題變化巧樣翻成

新法。（石榴花）便不是土飯塵羹人嗤惡。扎有一个憶菊如何、雜旦狠好、寂寂秋齋閒埽榻。（水叨令）猛。憶著。寒。庭。佳。友。白。露。蒹。葭。尙。阻。菰。蓴。鴛。也有个訪菊了、小旦亦可、（三學士）趁著這木落山空把遊屐蠟。訪柴桑處士人家（大勝樂）攬環結佩在東籬下話西窗你共咱。既如此就用上个種菊罷、雜旦要用的、（黃龍衮）開三徑破蒼苔揮鋤鍤（鬥黑麻）滋養靈苗待吐芳葩。便要與他相對了、小旦使得、（玉嬌枝）碧梧金井

靜紛華輕掩了六扇文紗（嬌鶯兒）休笑道和卿比瘦

結个總言勢不爭差順著再擬他一个供菊、雜旦

狠是、（皂羅袍）忍教臥荒畦煙孤月寡須珍重瓶花

品格位置偏佳拋除蜨陣與蜂衙女莖更見風流

煞就用个詠菊如何、小旦一定的、（解三醒）糟雲初泛

樽中酒墨雨重開筆上花（五馬洗兒水）吟哦的冷香襲

襲沁入齒牙幽情脈脈笑斟杯斝再擬个菊影上

去、雜旦配的好、（秋夜月）看銀荷畔潛渡的秋容恰

只少了輕挑畫叉更勝了描摹臨搨又逗起一个畫菊來了、（小旦）也算文心所至、【瑣窗寒】玲瓏付他妙手把丹毫灑殺粉調鉛細畫【醉扶歸】趁一屏秋留月姊借三尺紙寫寒華【五供養】圖成了筠亭掛伴松霞加上一个問菊罷、（雜旦）更好了、【普天樂】暢好是知音侶不在天涯【懶畫眉】我鐙炧茶温閒絮話你爲甚麼霜面冰心無語荅【三字令】笑癡情的費波查還須擬一个簪菊在上、（小旦）必要的、【四邊靜】繡苑晨粧罷摘向釵頭插【柳穿魚】真个是華鬟輕顫髻盤鴉俊似龍山落帽嘉【東甌令】又有一个菊夢了、雜旦 更巧、逗的神女繁霜來相迓幻緣縹緲休驚詫勝的羅浮春一霎便似殘菊收結前題之感罷、小旦 甚是、【雙勸酒】冷颼颼雲中幾點嘹嘹鴉夜沉沉風前數拍吟笳【排歌】可憐他傲霜勁節顛顛蓬笆 雜旦 儘彀了、【鬧樊樓】把三秋妙景爭誇【刮鼓令】絶似製成菊譜寄山家【簇御林】題十二數更佳巧配金釵風雅只是該限个

甚麽韻呢、（小旦）【鮑老催】也不須分題限韻多兜搭

任他們各自去把心機化【節節高】免使支離穿鑿玉

生瑕刻舟求劍多拘紮

明早把這題紙粘在壁上、待他們能做幾首、就

做幾首、倘有高才提足全做亦可、（雜旦）你看參

橫斗轉、夜色很深了、

【尚按節拍煞】看秋河斗轉三更殺（小旦）多只爲要

商量的題巧詩葩（合）待盼的錦字團成付碧紗

擬題

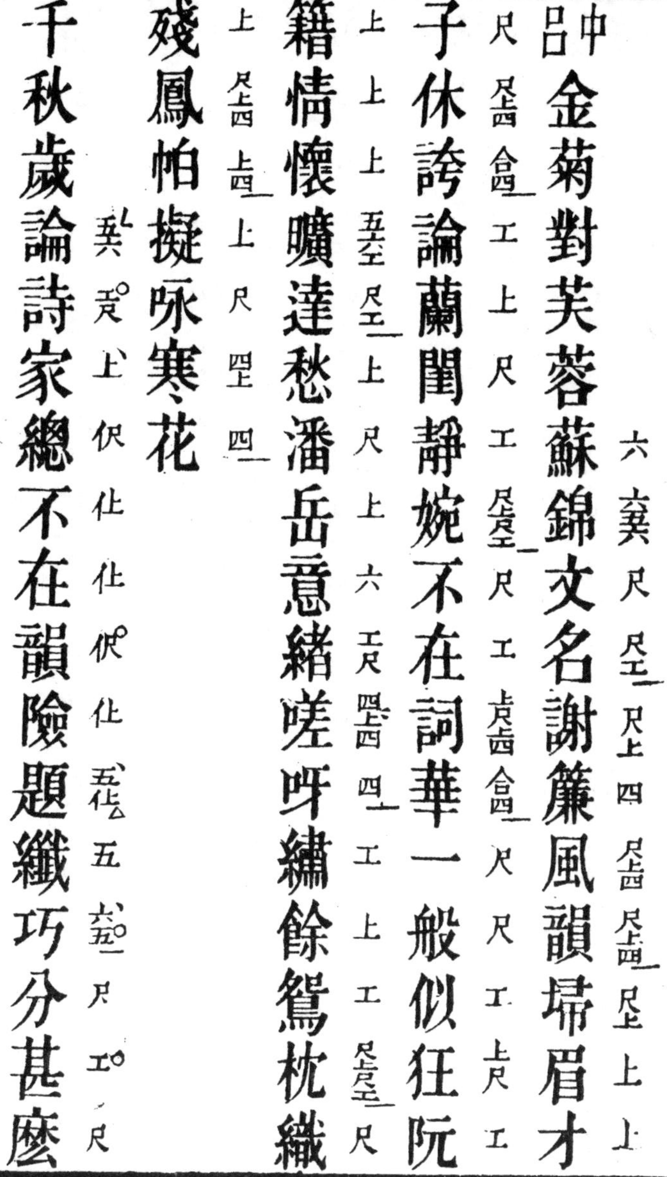

中呂

六 五六 尺 尺上 尺上四 尺工四 尺工四 尺上 上 上

金菊對芙蓉蘇錦文名謝簾風韻埽眉才

尺 尺工四 合四 工 上 尺 工 尺上 尺上 尺 工 上尺工四 合四 尺 尺 工 上尺 工

子休誇論蘭閨靜婉不在詞華一般似狂阮

上 上 上 五六 尺上 上 尺 上 六 工尺 四上四 四 工 上 工 尺上 尺

籍情懷曠達愁潘岳意緒嗟吁繡餘鴛枕織

上 尺工四 上四 上 尺 四上 四

殘鳳怕擬咏寒花

五六 六工 上 伬 仩 仩 伬 仩 五仩 五 六五 尺 工 尺

千秋歲論詩家總不在韻險題纖巧分甚麼

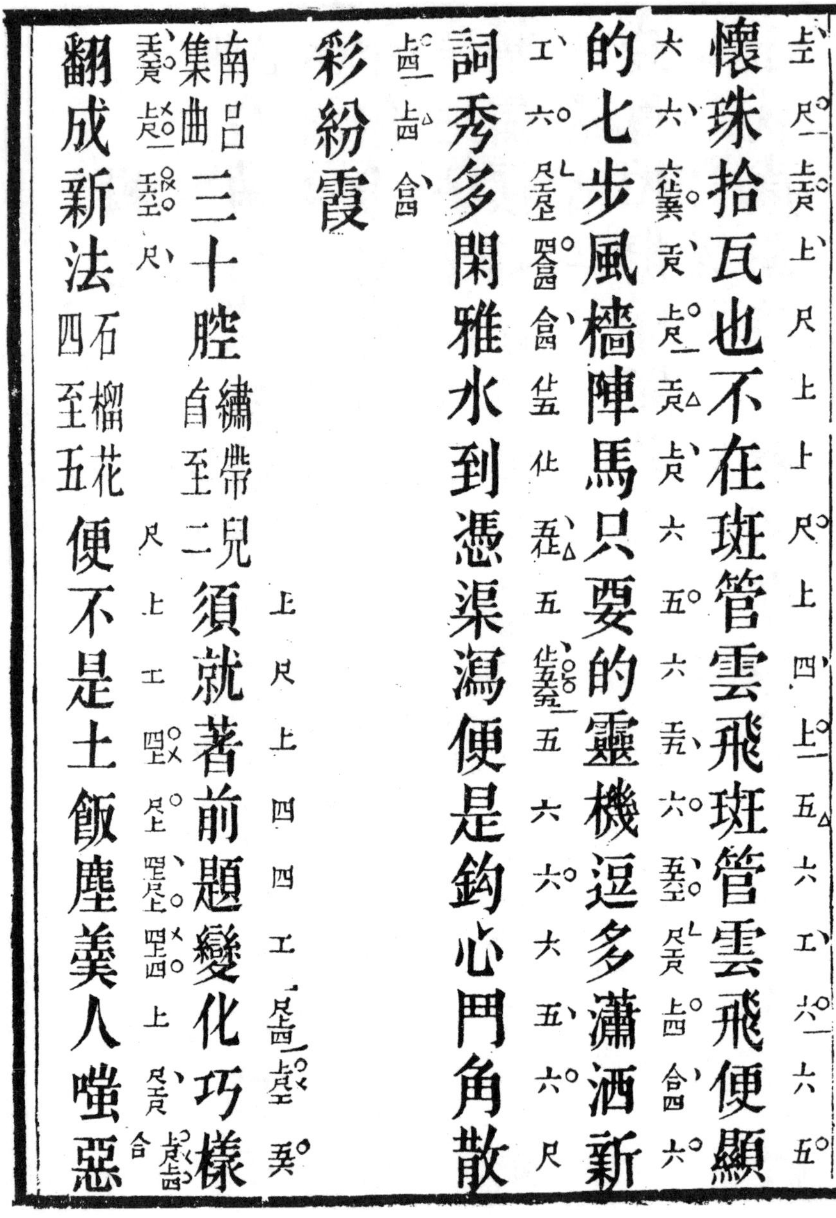

懷珠拾瓦也不在斑管雲飛斑管雲飛便顯的七步風檣陣馬只要的靈機逗多瀟洒新詞秀多閑雅水到憑渠瀉便是鈎心鬥角散彩紛霞

南呂集曲　三十腔

繡帶兒自至二　須就著前題變化巧樣翻成新法

石榴花四至五　便不是土飯塵羹人嗤惡

扎寂寂秋齋閑埽榻〔水叨令末二句〕猛憶著寒庭佳

友白露蒹葭尚阻菰蓴駕〔三學士首二句〕趁著這木

落山空把遊屐蠟訪柴桑處士人家〔大勝樂三至四〕

攬環結佩在東籬下話西窗你共咱〔黃龍袞合至末〕

開三徑破蒼苔揮鋤鍤〔門黑麻首一句〕滋養靈苗待

吐芳葩〔玉嬌枝三至四〕碧梧金井靜紛譁輕掩了六

扇文紗

嬌鶯兒末二句

休笑道和卿比瘦結个怂言

契不爭差

皂羅袍首至四

忍教臥荒畦烟孤月寡須

珍重屏花品格位置偏佳拋除蜨陣與蜂衙

女埜叟見風流煞

解三醒五至六

糟雲初泛樽中酒

墨雨重開筆上花

五馬江兒水合至末

吟哦的冷香囊

囊沁入齒牙幽情脈脈笑斟杯斝

秋夜月首至三

看

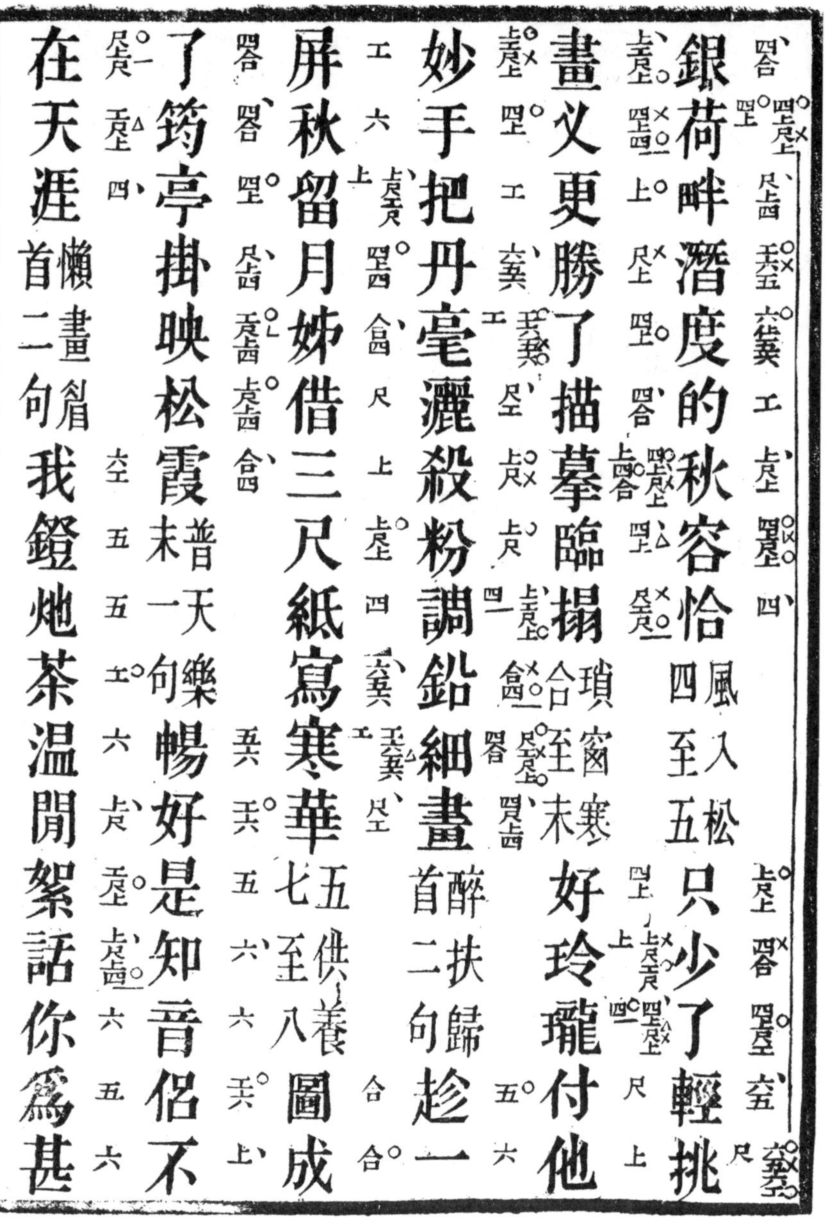

銀荷畔湣度的秋容恰風入松四至五只少了輕挑

畫乂更勝了描摹臨搨瑣窗寒合至末好玲瓏付他

妙手把丹毫灑殺粉調鉛細畫醉扶歸首二句趁一

屏秋留月姊借三尺紙寫寒華五供養七至八圖成

了筠亭掛映松霞普天樂末一句暢好是知音侶不

在天涯懶畫眉首二句我鐙炧茶溫閒絮話你爲甚

工六五六六尺上四上四合四上尺尺上尺上四

麽霜面冰心無語荅（三字令 六至七）笑癡情的費波

上尺上四上尺上上四上四合四

查（四邊靜 末二句）繡苑晨粧罷摘向釵頭插（桃穿魚 首二句）

六五六工工六五五五尺上四四四上四

眞个是華鬟輕顫髻盤鴉俊似龍山落帽嘉

工工尺五四上尺上上四四四

（東甌令 四至六）逗的神女繁霜來相迓幻緣飄渺休

合四尺上合四上上上上上四四

驚詫勝的羅浮春一霎（雙勸酒 末二句）冷颼颼雲中

上四四上尺上四工工合工四合四工六工

幾點嘹鴉夜沉沉風前數拍吟笳（排歌 首句）可憐

他傲霜勁節憔悴蓬笆（鬧樊樓第七句）把三秋妙景爭誇（刮鼓令末一句）絕似製成菊譜寄山家（簇羽林首至二）題十二數更佳巧配金釵多風雅（鮑老催七至八）也不須分題限韻多兜搭任他門各自去把心機化（節節高末二句）免使支離穿鑿玉生瑕刻舟求劍多拘縶

五 六工 工 五 六 四上 上 四 尺 上 上 尺

尚按節拍煞看秋河斗轉三更殺多只爲要

上 四 上 合 四上 工 尺工上 上 尺 上 尺 上 合 四 尺 尺工上 四

商量的題巧詩葩待盼的錦字團成付碧紗

紅樓夢散套第五

荆石山民塡詞

聽秋 旦引雜旦上

【商調】【水紅花】迸商聲做就可憐宵。瘦腰圍十分寬了。看他冷芙蕖翠蓋早全凋。病黄華金鈴低裊。傷感煞白蘋紅蓼。望江南雲影正迢迢。何處是廣陵濤。瀟湘路遥。咳。

【集本句】閑苔院落門空掩。【桃花行】冷雨敲窗被未

溫【哭花】尺幅鮫綃勞惠贈【題舊帕】秋閨怨女拭嗁痕

【白海棠】紫娟、你看風雨交加、秋聲滿耳、你與我垂下簾櫳、把鐙火移在書几、待我坐此靜聽一囘、以消永夜、（雜旦）姑娘連日身體欠安、須要自家珍重不可觸景傷懷、（旦）知道的、你去罷、（雜旦下）

【小桃紅】你聽這亂飛銀竹驟捲金飈、一味把秋心攪也天與我撒下了愁苗颼颼的催殘葉隕林皐點點的要滴碎芭蕉累的个雁兒號蛬兒吟螿兒

唧螢兒飄也好敎我似金仙銅盤鉛水倒只落得

窗外窗中一樣如潮

想我幼年在南邊的時候、水秀山明二十四橋、紅杏青帘香車畫舫、惟我獨尊、不幸椿萱早逝、來借枝棲、就同這驚秋花鳥、一樣伶仃了、你看園中姊妹、俱有老親憐惜、就是寶姐姐也有母兄相傍、豈不强如我失巢寒雀乎、

〔下山虎〕我比那早鶯換柳乳燕移巢說甚的金屋

藏嬌小花憔月憔便一種看承也不惱自惱只怪的弱骨香桃逐漸消想着他一般兒姊妹嬌遶娘行百十遭觸目關心處斷腸暗撩臏有那蠟淚垂垂也替我抛

淒肰無緒、不免展開書卷、呀是本古樂府、

鶯嗁御林（鶯嗁序）這一个是明妃遠嫁泣檀槽一个是度驚鴻惆悵神霄還有那十八拍蔡女思鄉卓氏望白頭永好小班姬月扇蕭條陳后在長門靜

悄【簇御林】暗魂消佳人絕代一例耐煎熬

閱至此、可不令人感嘆、不免擬春江花月夜之格、作代別離一首、以舒幽念、吟曰

助秋風雨來何速。驚破秋窗秋夢續。抱得秋情不忍眠。自向秋屏挑泪燭。

集賢醉公子【集賢賓】這不是竹西歌吹玉人簫倩他象板聲敲正是一幅傷心的愁草藁好比那憂蒼梧苦竹聊蕭酸酸楚楚平抵做青草渡子規聲叫

秋陰悄只這翠竹房櫳也算得黃陵古廟

生斗笠簑衣上

【北雙調】【夜行船】苦雨淒風打綺寮多只怕意中人把病又勾挑一寸芳心擔煩受惱因此上來相伴茜紗深窈

雜旦　姑娘寶二爺來了、生　妹妹今兒身體可好些、旦　那里來的這个漁翁、生　是北靖王送的惟有這斗笠有趣、上頭頂是活的、我送妹妹一頂、下雪天狠可帶得（旦）我不要戴上那个豈不成了畫兒上畫的和戲上扮的漁婆兒了麽（作羞介生取詩誦旦奪去生）已記熟了妹妹我特來伴你聽這風聲雨聲也

【驟雨打新荷】滴滴聲聲漾秋情縹緲正配著櫳翠茶銚梨香笙調一瓏好醇醪怎不學呼燈兒女助秋興籬落逍遙還看你走彩筆把清詞玉戛抵過那白雨珠跳

旦 教我怎生有這意況也、

【四塊金】入骨荒寒似走西陵道和著簷琴恍合伊涼調三更太息聲一个孤悽貌甚處鐘敲甚處砧搗好無聊甚閑情把秋容眺

【風流體】生 休得要對寒鐙對寒鐙歡意少吟怨詞吟怨詞傷懷抱只盼你只盼你雙眉緜自消病煩人要强自尋歡笑

生 妹妹夜深了、早些安歇罷、我囘去了、雜旦 小丫頭們在外點鐙呢、旦這个天怎點鐙籠、生不妨是羊角的、旦紫娟取那玻璃繡毬來、雜旦在此、旦付生介這个亮些、生我也有一个怕他們打破了、所以沒有點得、旦跌了鐙值錢呢、跌了人值錢、幾時又變出剖腹藏珠的脾氣來生笑下雜旦這樣風雨難爲寶二爺來相伴姑娘也休自感了、

【尾聲】旦不枉了恁笠屐衝泥走這遭勝多少却話

巴山慰寂寥俺呵還怕這夢魂兒在瀟湘江上繞

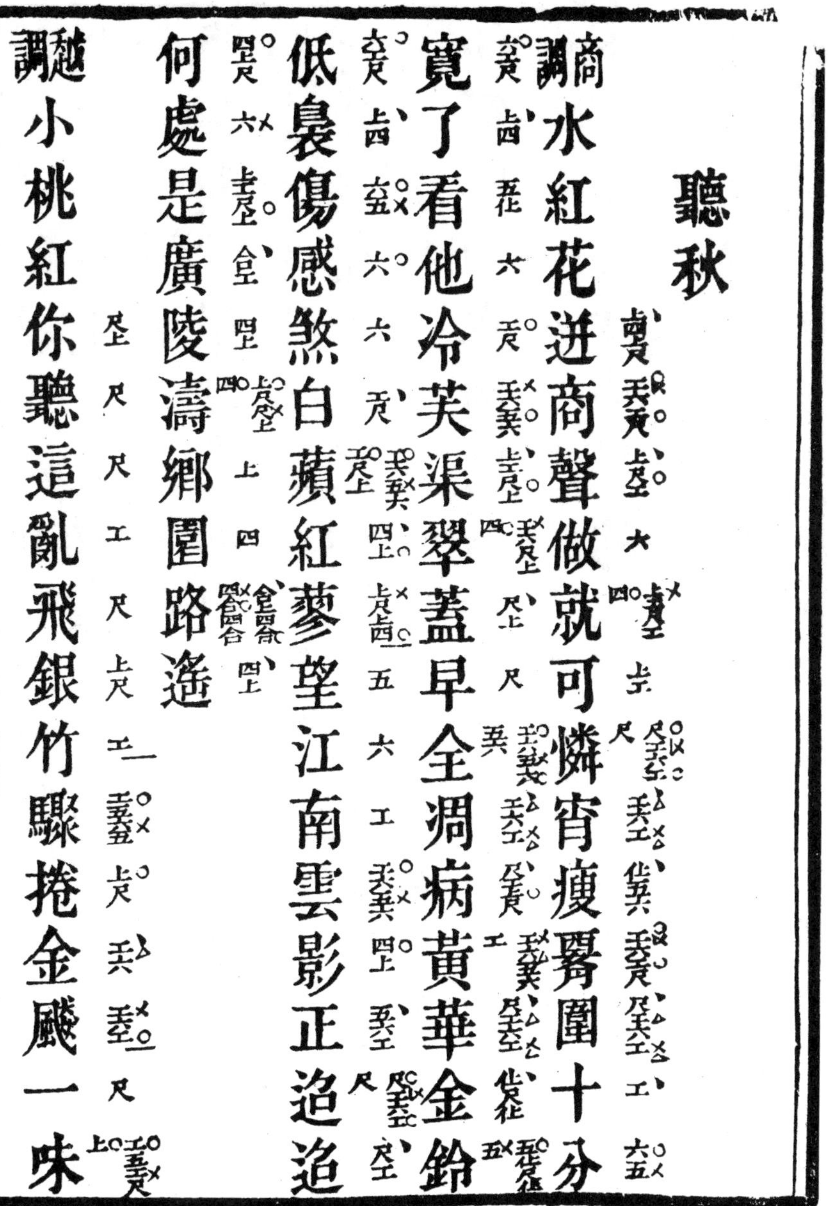

聽秋

商調 水紅花 迸商聲做就可憐宵瘦霧圍十分寬了看他冷芙渠翠蓋早全凋病黃華金鈴低裊傷感煞白蘋紅蓼望江南雲影正迢迢何處是廣陵濤鄉園路遙

越調 小桃紅 你聽這亂飛銀竹驟捲金飈一味

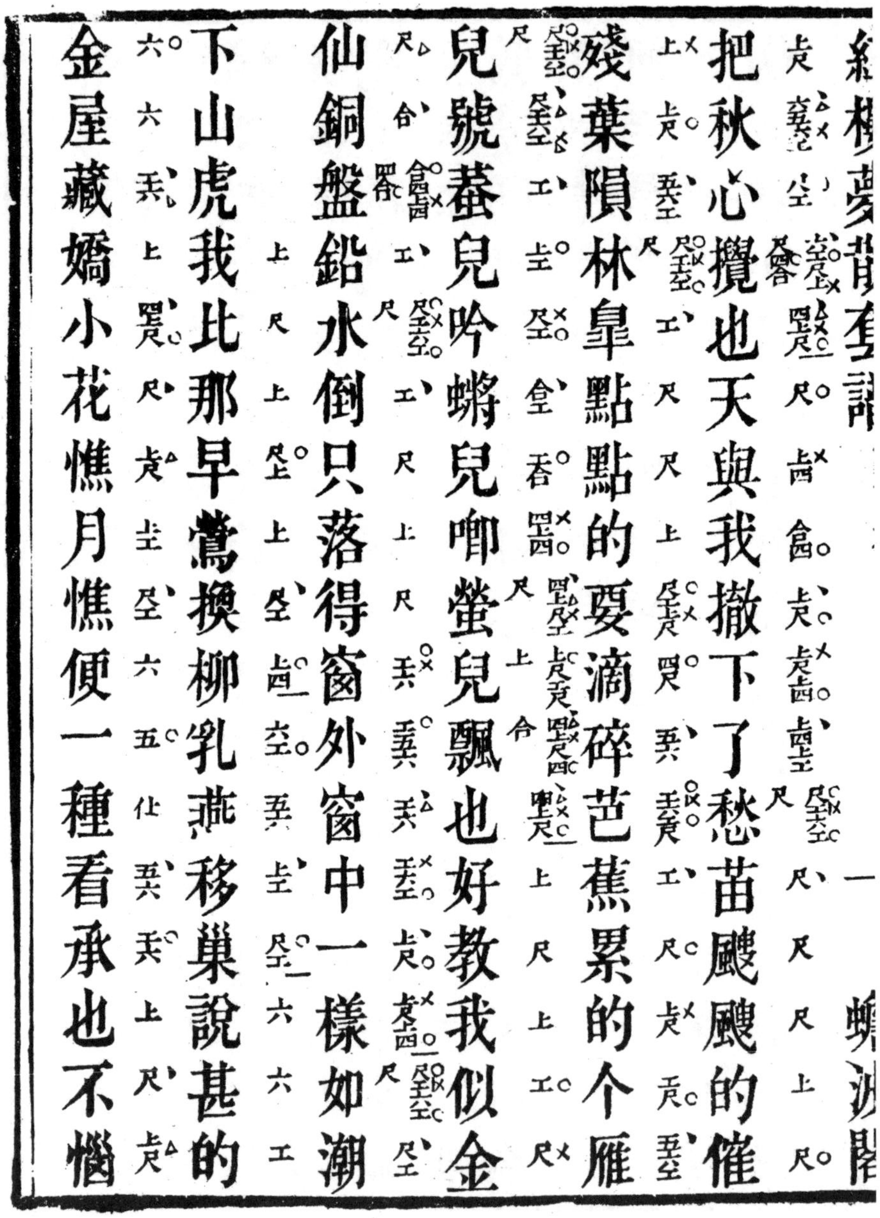
紅樓夢散套譜　一　蟾波閣
把秋心攪也天與我撤下了愁苗颼颼的催
殘葉隕林皐點點的耍滴碎芭蕉累的个雁
兒號蛬兒吟螿兒唧螢兒飄也好教我似金
仙銅盤鉛水倒只落得窗外窗中一樣如潮
下山虎我比那早鶯換柳乳燕移巢說甚的
金屋藏嬌小花憔月憔便一種看承也不惱

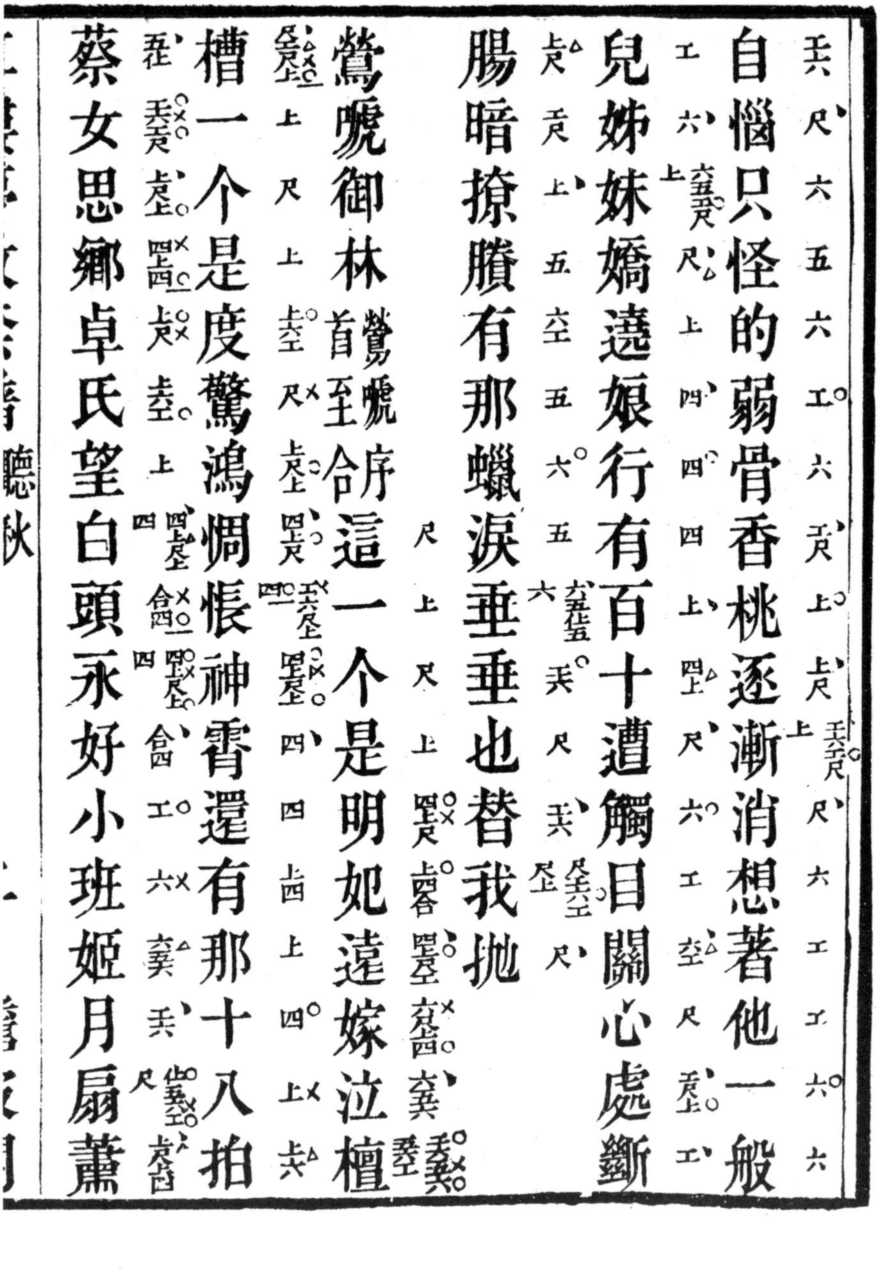

自惱只怪的弱骨香桃逐漸消想著他一般兒姊妹嬌遶娘行有百十遭觸目關心處斷腸暗撩臏有那蠟淚垂垂也替我拋

鶯𪁎御林 首至合 鶯𪁎序

這一个是明妃遠嫁泣檀槽一个是度鶯鴻惆悵神霄還有那十八拍蔡女思鄉卓氏望白頭永好小班姬月扇薰

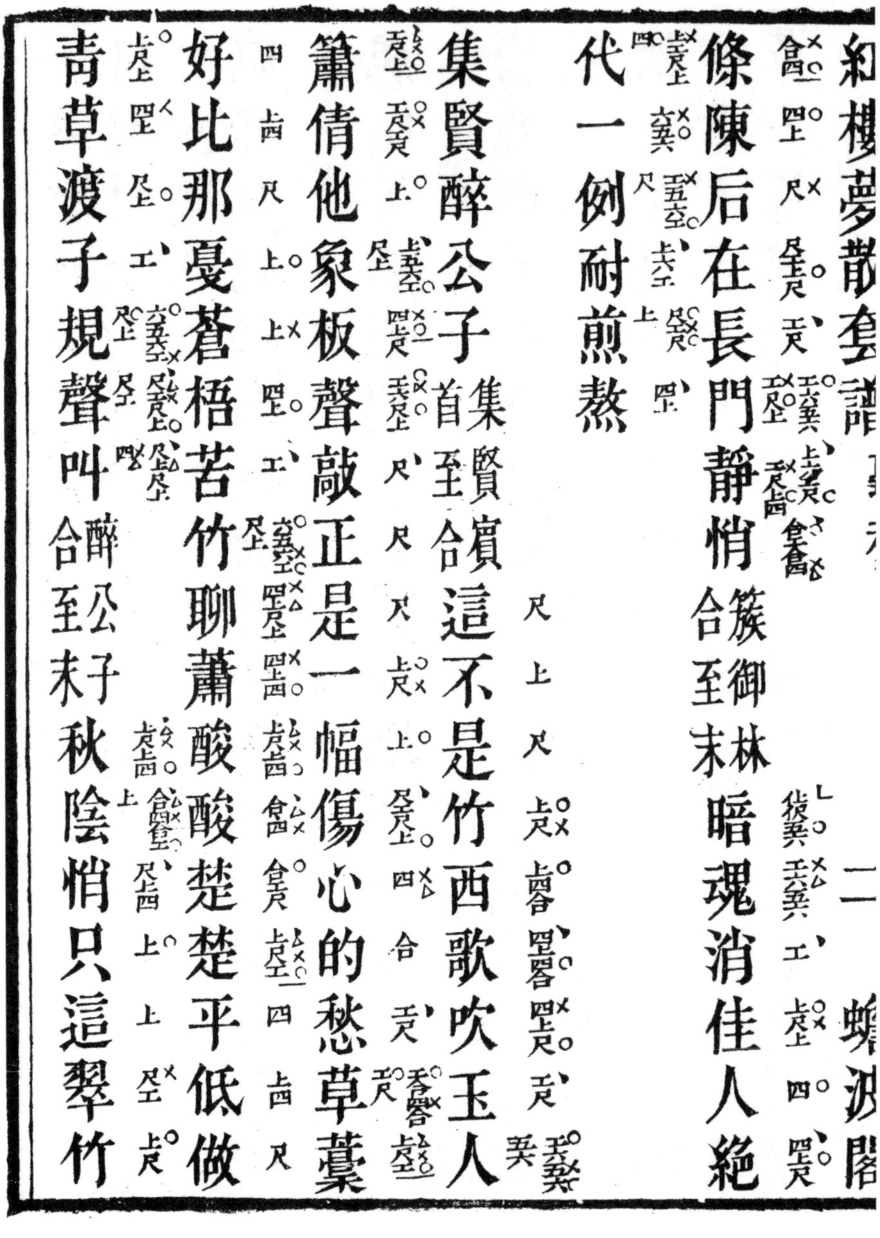

條陳后在長門靜悄簇御林合至末暗魂消佳人絕
代一例耐煎熬

集賢醉公子

集賢賓首至合這不是竹西歌吹玉人
簫倩他象板聲敲正是一幅傷心的愁草稾
好比那戞蒼梧苦竹聊蕭酸酸楚楚平低做
青草渡子規聲叫醉公子合至末秋陰悄只這翠竹

尺 四 四 五 上 尺 五 五

房櫳也算得黃陵古廟

工 五 五 五 尺 尺 上 五 六 五 伬 仩

北調 雙 夜行船苦雨淒風打綺寮多只怕意中

五 六 五 五 尺 上 上 尺 尺 上 四 合 四 合 五 六 五

人把病又勾挑一寸芳心擔煩受惱因此上

仩 五 六 五 五 尺 工 六 五

來相伴茜紗溪窈

五 五 仩 五 五 六 工 上 上 尺 上 四

驟雨打新荷滴滴聲聲漾秋情縹緲正配著

尺 四 四 上 合 上 六 五 上 合 尺 尺 上 六 五 仩 六

櫳翠茶銚梨香笙調一琖好醇醪怎不學呼

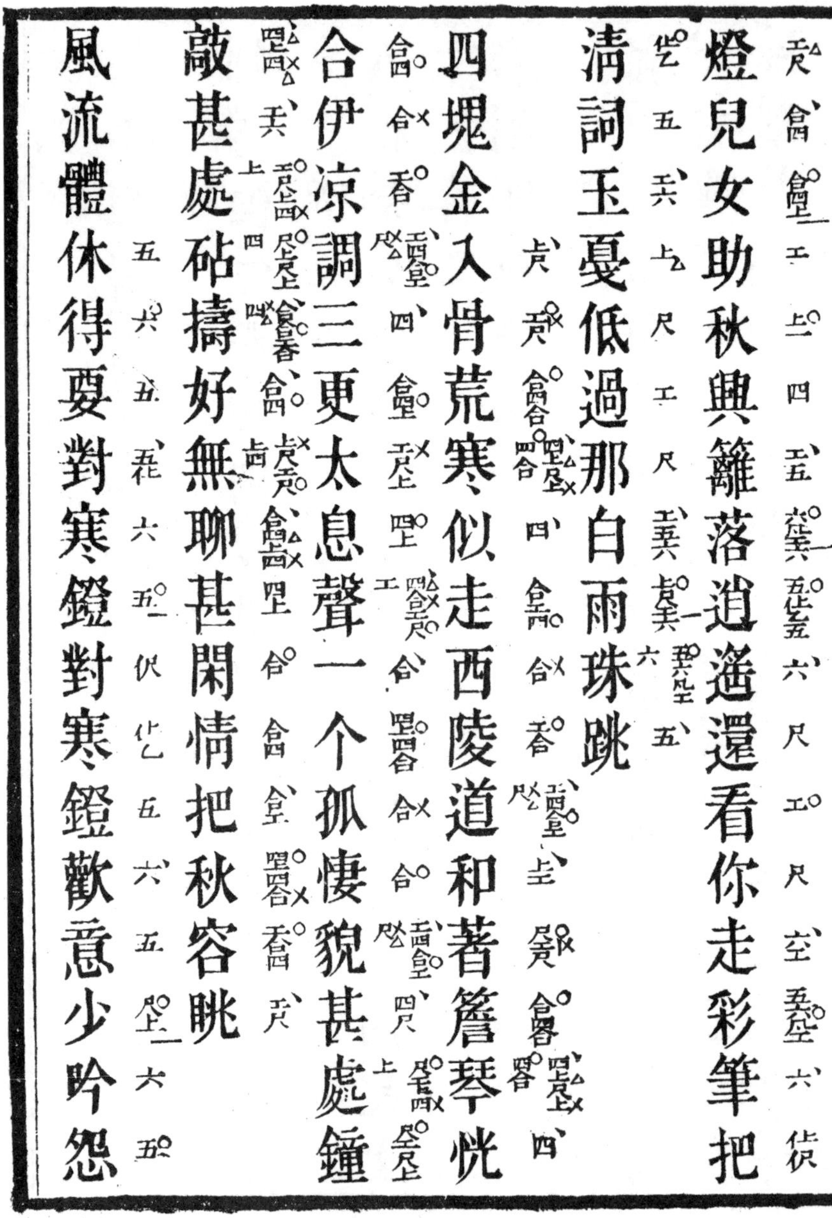

燈兒女助秋興籬落逍遙還看你走彩筆把
清詞玉戛低過那白雨珠跳
四塊金入骨荒寒似走西陵道和著簷琴恍
合伊涼調三更太息聲一个孤悽貌甚處鐘
敲甚處砧擣好無聊甚閒情把秋容眺
風流體休得耍對寒蛩對寒蛩歡意少吟怨

六 六 五 六 五 六 五 伬 仩 五 五 六 工 工 尺 工 尺

詞吟怨詞傷懷抱只盼你只盼你雙眉皺自

工 五 六 五 工 上 尺 六 五 五

消病煩人要強自尋歡笑

工 六 工 六 六 工 上 四 上 尺 上 尺 上 四 上

尾聲不枉了恁笠屐衝泥走這遭勝多少却

尺 上 上 工 尺 工 四 尺 尺 上 合 四 工 尺 四 六 四

話巴山慰寂寥還怕這夢魂兒在瀟湘江上

合

繞

四

紅樓夢散套第六

荆石山民塡詞

劍會　貼道裝背劍上

北中呂【石榴花】靑萍斷送綠窗魂，倒惹得警幻笑癡人。心期虛盼好良姻，那知道鴛盟未穩劍聘非眞。一似路人硬向蕭郎近，枉關情這鏡裏夫君。只落得他撫棺淚雨粘紅粉，聲聲道害了貞烈小釵裙。

因癡惹恨早輕生，留得人傳烈女名。還待引他超苦海休言入道便無情我尤三姐是也生長綺羅恥隨紈袴性成霜月託意湘蓮誰道十年待字閨中眞是五載望夫山上不料他誤聽了赤舌讒言謬認做牆花路柳笑我熱心遭他冷面遂將閃電青峯了却如花紅粉那曉得夢未陽臺名無陰府靈河纔到幻境便知又承警幻片言再動凌波數步要引他撇下那未了年華頓悟得易闢歲序超出迷津可昇覺路 咳 休笑

我生既癡憨死猶愛戀想起前情好不感憶也、

道和五年來月夜花晨月夜花晨簾波不動掩朱門悶黄昏對鑪薰耐盡了瀟瀟暮雨殘鐙暈雙雙乳燕穿窗進看二喬早自締朱陳綢繆風月好情親我黛常顰姊笑問道天台路漁郎引爲甚麽鎖葳蕤藏春緊那知是待英才虛合巹不學他鞋提金縷把香階印似這般惺惺相惜有情眞也抵得人面桃花多丰韻苧蘿相遇心盟準嘆狂夫玉石

難分言語逡巡謬認了無恥淫奔猛逗起淚介填胸恨霎時裏一腔頸血向劍光噴

咳方纔警幻仙姑何等導引這些往事我也不必憶著了、

上小樓只待剗斷情根拋除前恨撇下浮塵還提甚絲牽繡幕牘判氤氳任他小巫娥散雨雲逗的柳嬌梅褪我太虛仙獨拈花微哂

就此駕上雲頭、尋他去者、下小生佩劍上

南中呂【怨回紇】六州鑄錯尙何云。尋春斷送好青春。眞个是花到手時偏不折。璧從懷後轉生嗔。頓足介我如此緣慳矣。只分的寒衾孤枕了單身。

我柳湘蓮一時志短、把一个絕色的剛烈人兒、輕輕斷送了、好不十分愧悔、只得眼睜睜看他入殮、痛哭一塲、辭了他們、來此曠野、稍舒憂悶、呀、爲甚麽、

【會河陽】一霎的心境迷離。神思幽昏。愁絲千縷亂

紛紜。淚介傷情。內作佩聲生聽介是那裏絲佩鏗鏘來到這漁汀蓼村。貼上柳郎何不早尋歸著、還向那裏去作甚麽、生回身見作驚呆介呀是二姐、都是我孤寒士無緣分。淚介害卿遭薄倖把花軀殞。如今且喜遇著了香魂。願化做墓頂上鴛鴦穩。

作拔劍欲刎貼扯住笑介莫不是又疑我向你索命而來麽、

【最高樓】我事如夢遠已無痕並不怨珠沉玉損也不要勝的畫圖省識消郎悶月下魂歸環佩冷

柳郎、妾以癡情待君、不期君果冷心冷面、只得以死報此癡情、今奉警幻仙姑之命、前往太虛修注案中情鬼、不忍相別、故來一會、小生 二姐 呵、

【青玉案】你旣不似魏雲華借體諧秦晉又不似唐文喻離香櫬便再世玉簫難定准到不如雙鴻並

冢英臺合殯勝似閃下我擔愁恨

貼　柳郎也不須悲悼了、人世情緣、只如水泡易滅、你早修覺路、得上慈航、便可久常相見了、

小生　三姐、你既離塵證道、就帶我同步雲程罷、

貼　此時豈能便帶得你同去、

鬥鵪鶉我如今影珊珊步的梯雲袂飄飄駕的縉雲雖則是一般兒雲鬟月鬢可知道頓變了雲帔霞裳怎和你絮喁喁雲期相訂軟兜兜雲意相親

只盼你心靜浮雲悟法雲五雲香裏拜慈雲這纔得雲車同駕雲鸞同跨 指劍介 就是此劍呵也得个會延津風雲陡趁

柳郎當念無常之火燒諸世間回頭要早我去也小生扯介旦揮袂作駕雲下生悶倒介外扮道士上 緩向丹臺餐玉李且從綠野渡湘蓮我渺渺眞人是也警幻囑我 指生介 度他入道且待他醒來再處 作捕虱介生醒介 想我怎麼到

這一座破廟來了、那邊有一个道士坐著、且去問他、作向外介請問此係何方、仙師何號、外連我也不知此係何方、我係何人、不過暫來歇足而已、小生呆想忽大聲介嗄、

【越恁好】嘆人生邯鄲一枕。似邯鄲一枕。悲歡處總未眞。又豈有繁華不謝。占定了萬千春。我柳湘連有此七尺之軀、妄想建些功業、今日裏寸心灰矣、片刻裏喜相逢笑忻。怨分離嘅呻。苦咽酸吞。

作揮劍斷髮介也只須把煩惱絲絲斬盡

外起介可喜可喜、柳郎早悟了也、

【尾聲】俺好似岳陽樓上仙風趁恁便勝却三度城南姓柳人柳郎呵、俺與你認著柳宿光中尋他天路準

劍會

北中呂 石榴花青萍斷送絳窗魂倒惹的警幻

笑癡人心期虛盼好良姻那知道鴛盟未穩

劍聘非眞一似路人硬向蕭郎近枉關情這

鏡裏夫君只落得他撫棺淚雨粘紅粉聲聲

道害了貞烈小釵囊

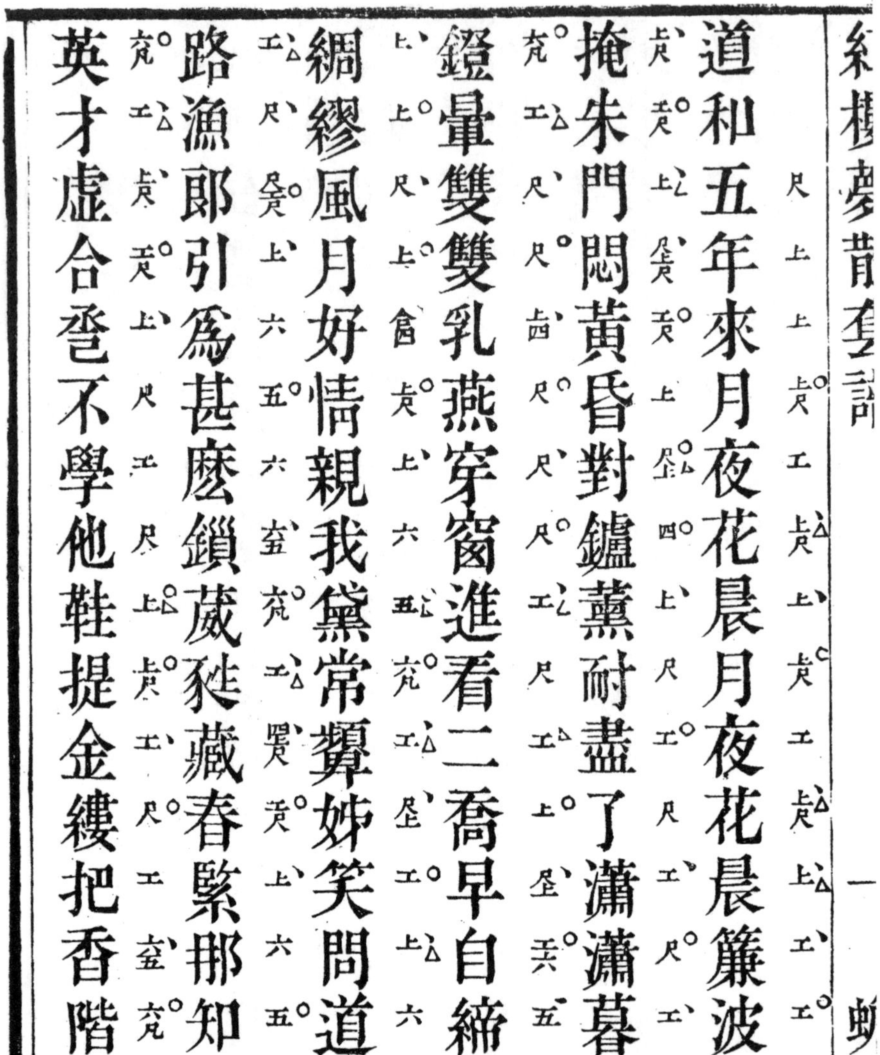

道和五年來月夜花晨月夜花晨簾波不動
掩朱門悶黃昏對鑪薰耐盡了瀟瀟暮雨殘
鐙暈雙雙乳燕穿窗進看二喬早自締朱陳
綢繆風月好情親我黛常顰姊笑問道天台
路漁郎引為甚麽鎖葳蕤藏春緊那知是待
英才虛合巹不學他鞋提金縷把香階印似

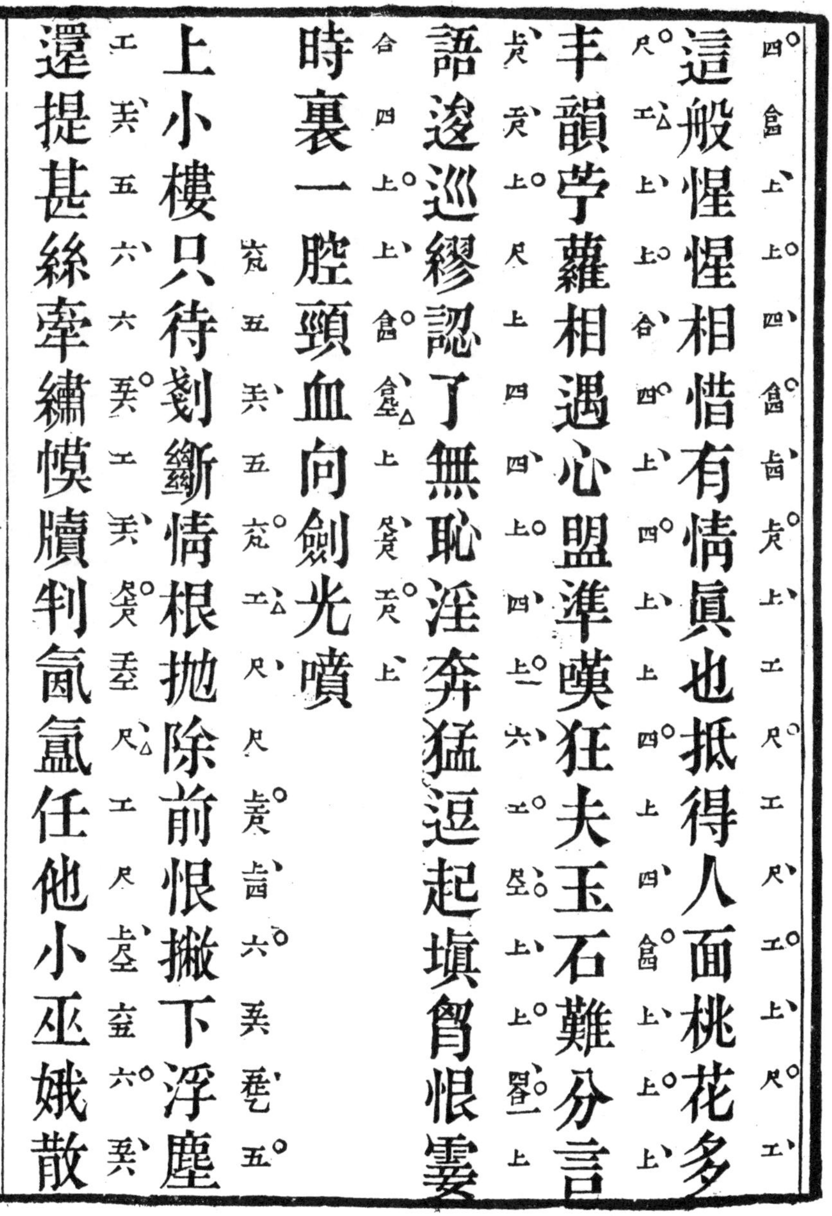

這般惺惺相惜有情眞也祇得人面桃花多丰韻苧蘿相遇心盟準嘆狂夫玉石難分言語逡巡謬認了無恥淫奔猛逗起塡胷恨霎時裏一腔頸血向劍光噴

上小樓

只待剗斷情根拋除前恨撇下浮塵還提甚絲牽繡幙牘判氤氳任他小巫娥散

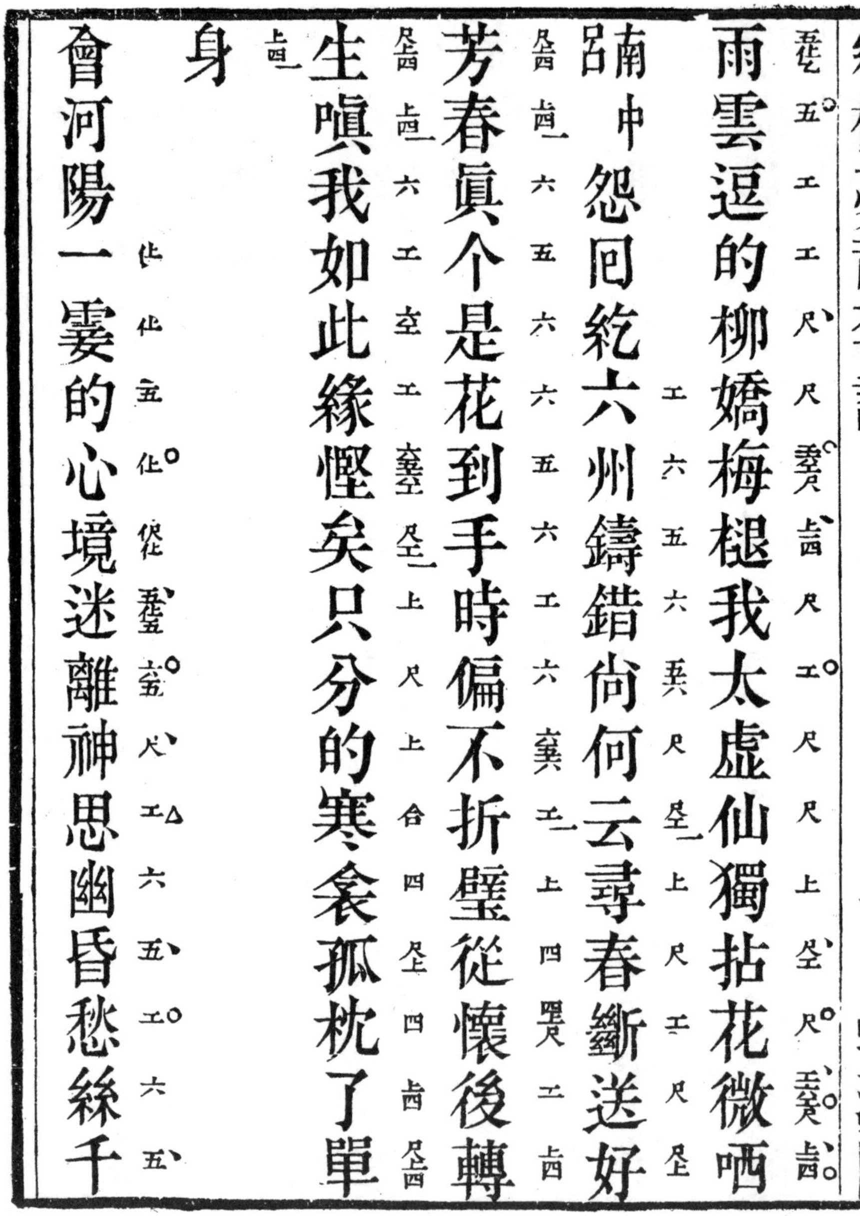

雨雲逗的柳嬌梅棍我太虛仙獨拈花微哂
呂南中怨回紇六州鑄錯尚何云尋春斷送好
芳春眞个是花到手時偏不折璧從懷後轉
生嗔我如此緣慳矣只分的寒衾孤枕了單
身
會河陽一霎的心境迷離神思幽昏愁絲千

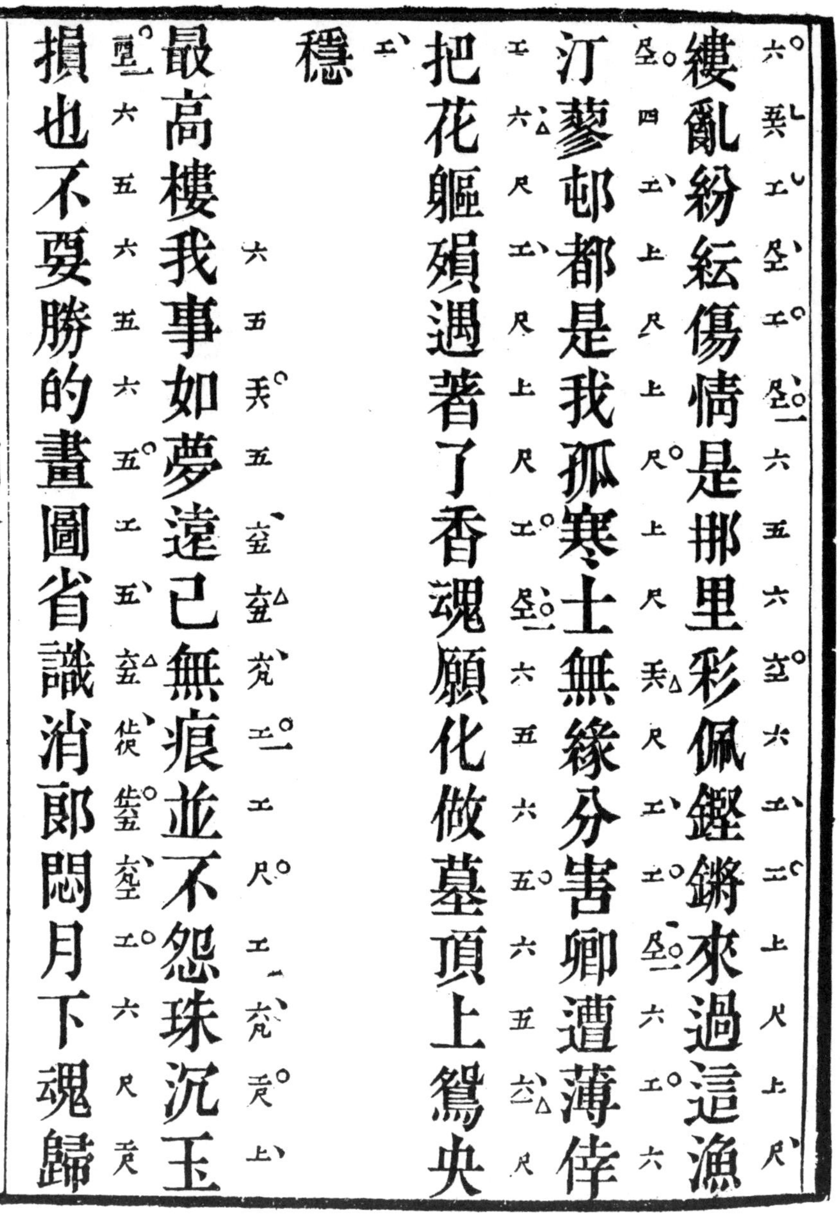

縷亂紛紜傷情是挪里彩佩鏗鏘來過這漁汀蓼邨都是我孤寒士無緣分害卿遭薄倖把花軀殞遇著了香魂願化做墓頂上鴛央穩

最高樓我事如夢遠已無痕並不怨珠沉玉損也不耍勝的畫圖省識消郎悶月下魂歸

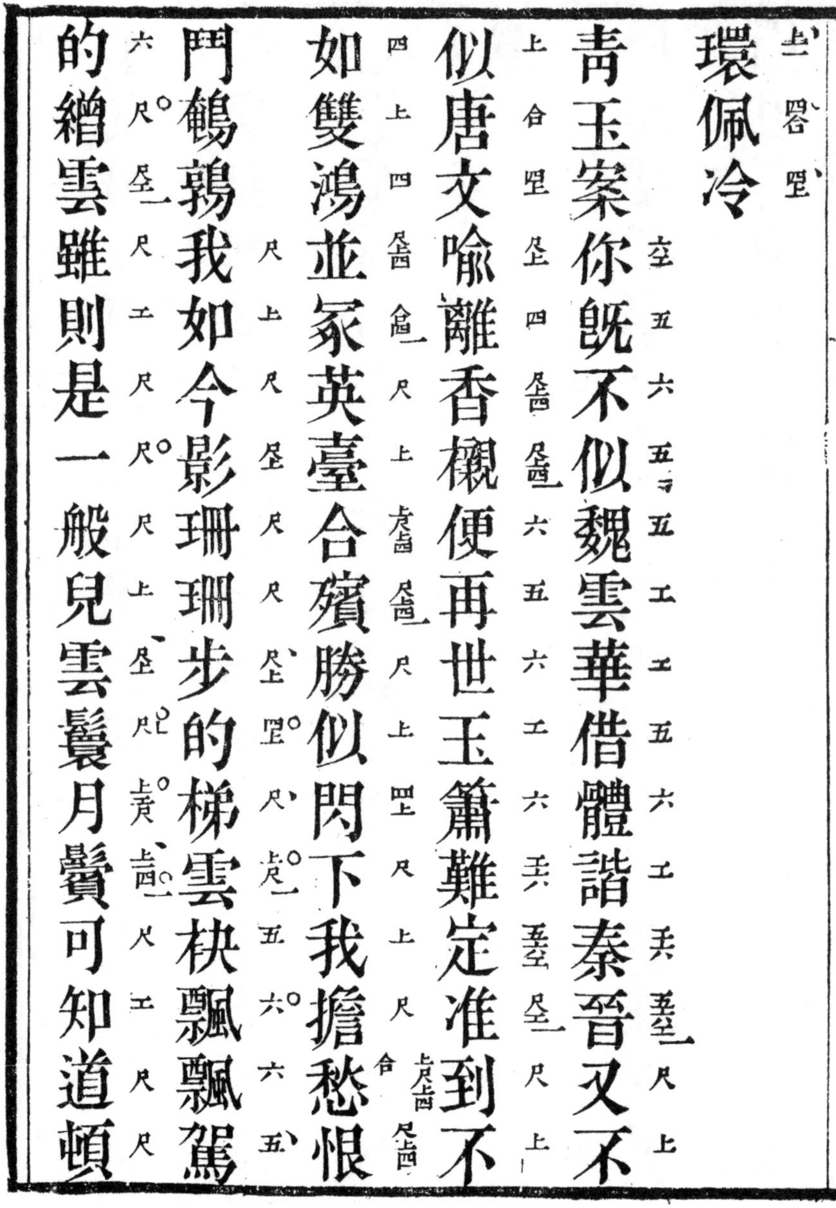

上一 四合 四上

環佩冷

上尺 五 六 五 五 工 工 五 六 工 五六 五六工 尺 上

青玉案你既不似魏雲華借體諧秦晉又不

上 合 四上 尺上 四 尺四 尺四 六 五 六 工 六 五六 五六 尺上 尺 上

似唐文喻離香櫬便再世玉簫難定准到不

四 上 四 尺四 尺四 尺 上 上尺四 尺四 尺 上 四上 尺 上 尺 合 上尺四 尺四

如雙鴻並冢英臺合殯勝似閃下我擔愁恨

尺 上 尺 尺上 尺 尺 尺上 四上 尺 上尺 五 六 六 五

鬥鶴鶉我如今影珊珊步的梯雲抉飄飄駕

六 尺 尺上 尺 工 尺 尺 尺 上 尺上 尺 上尺 上四 尺 工 尺 尺

的縉雲雖則是一般兒雲鬟月鬢可知道頓

變了雲帔霞裳怎和你絮喁喁雲期相訂歡

兜兜雲意相親只盼你心靜浮雲悟法雲五

雲香裏拜慈雲這纔得雲車同駕雲鸞同跨

會延津風雲陡趁

越傒好嘆人生邯鄲一枕似邯鄲一枕悲歡

處總未眞又豈有繁華不謝占定了萬千春

尺 尺 上 上 尺 上 五六 工 仩 六 工 五六 六 上 四 上尺 上

片刻裏喜相逢笑忻怨分離慨呻苦咽酸吞

五工 六 六 六 工 工 六 六 六 五

也只須把煩惱絲絲斬盡

六 工 六 工 工 工 六 五上 上尺 工 上 尺 尺 上 尺

尾聲俺好似岳陽樓上仙風趁恁便勝却三

上 合 四 六 工 尺上 上 四 上 尺 上 尺 尺 上 上 四 四

度城南姓柳人俺與你認著柳宿光中尋他

上 上四 四

天路準

红楼梦散套图联句

詹安刻

紅樓夢散套第七

荆石山民塡詞

聯句 旦上

【仙呂江兒水】碧落瑤蟾燦，愁人獨自看，待乘風跨鳳把靈娥盼，問玉宇瓊臺可也孤寒慣。（內吹笛介）聽數聲鈿笛驚霜雁，猛逗起離情無限。他們似庾亮風光，我似做了个登樓王粲。

雜旦上 露和玉屑金盤冷，月射珠光貝闕寒。呀林姐姐、想來你又在此觸景傷懷了、旦雲妹妹你看方纔他們一家許多人、老太太尚說不得齊全、就是寶姐姐回去、也有母女弟兄同樂、令我不無增感耳、雜旦你是个明白人、還不自已保重、我只恨琴妹妹他們、訂下中秋吟詩玩月、今日便棄了我們回去、弄的社也散了、倒是寶玉他們叔姪縱橫起來、可是宋太祖說的好、卧榻之側、豈容他人鼾睡的、你看這、

【玉連環】雪凝水鏡閒庭院。忍教他塵暗麋丸硯滴乾。好和你分箋揮翰。暈碧裁紅。遣興消煩消煩。詞追元白。句配蘇韓。較勝了彈絲品竹傳杯琖。

旦 既如此、就到凹晶館去、休要負了你的豪興、

雜旦 當日取這名色、就有學問、可道不落窠臼、便見新鮮、但這二字不大見用、陸放翁用了凹字、還有人說他俗的、豈不可笑、旦 論這兩个字麼、古書內如神異經青苔賦畫記以及少陵樊

川等集、用的甚多、這是那年我代寶玉擬下的、

雜旦　我道苟非我輩中人、用字怎有這般冶鍊、

姐姐你看這一派　行介

【長拍】非霧非煙。非霧非煙。似煙似霧。花影迷離紛散。竹敲風動。桂飄露冷。好園亭無異仙山。苔蘚綠花斑。趁鞋弓微步。不管他羅袂生寒。勝似銀屏珠箔金荷煦。迴身顧影佩珊珊。好一片水月也皺碧成紋多漫瀾。只少了瓜皮一葉泛遍這曲曲汀灣

要是我自己家裏、就立刻要座船了、旦古人說的事若求全何所樂、我說這也罷了、坐介雜旦姐姐、我兩人都愛五言的、就聯他一首排律罷、可惜没有帶的筆硯來、旦明日再寫、只怕這一點聰明還有、雜旦用甚麼韻呢、旦

五月紅樓別玉人　五供養　且和你爭評月旦韻帖詩牌。作數欄杆介巧借欄杆。雜旦十三根是十三元了、旦只把那記事珠頻搯。也不須洒墨與磨丹。

我先起一句現成俗語罷、吟介三、五中秋夕。雜

旦淸遊擬上元。撒天箕斗燦。旦匝地管絃繁。幾

處狂飛琖。雜旦有些意思了、【月上海棠】我詩情如夜。

鵲三遶難安。你休做出滿城風雨近重陽。敎我忙

避席。任君譏訕。旦休虛讚。是賸語浮詞。敎人顏赧。

雜旦吟介誰家不啟軒。輕寒風剪剪。旦對雖比

我好、只是平直了、雜旦【紅娘子】可知道韻險詩難。

怎便把寫景來刪。旦到後頭倘沒有好的、看你羞

也不羞、吟介良夜景暄暄爭餅嘲黃髮。雜旦吃
餅是唐志上的、我也有了、吟介分瓜笑綠媛香
新榮玉桂。旦笑你趲異爭奇把冷字翻到做了
道家書光庭杜撰。雜旦明日查書相對如何、旦吟
介色健茂金萱蠟燭輝瓊宴。雜旦觥籌簇綺圍。
分曹尊一令。旦射覆聽三宣骰彩成紅點。雜旦
起介【雁過南樓】趁這心閑意閑向枯腸搜索多番只
要靈機變幻。怎道綠窗人懶。休笑是吟哦太慢。吟

介傳花鼓濫喧。晴光搖院宇。旦素彩接乾輿賞
罰無賓主。雜旦吟詩有仲昆。搆思時倚檻。旦擬
句或依門。酒盡情猶在。雜旦更闌樂已諼。漸聞
笑語寂。旦這底下一步難一步了、江頭送一句句
一字字。要推敲細撿。便八乂手七步才總是辛艱。
吟介空賸雪霜痕。階露團朝菌。雜旦這一句怎
麽對想介那裏得漢珠楚璧同璀璨。呀幸而想
出一个字來了、吟介庭煙斂夕楣。秋湍瀉石髓。

旦笑介這促狹鬼果然留下好的在後、我少不得打起精神來對這一句【玉嬌枝】這。奇。情。突。出。費。遮。闌。須。索。耍。奇。兵。接。戰。陣。連。環。也有了、吟介風葉聚雲根。寶婺情孤潔。雜旦銀蟾氣吐吞。藥催靈兎搗。旦仰空點頭介人向廣寒奔。犯斗邀牛女。雜旦似敲金戛玉聲悠慢。研鍊的了無虛泛。吟介乘槎訪帝孫。盈虛輪莫定。旦晦朔魄空存。壺漏聲將涸。呀你看河中像有个人到黑影裏去了、敢是个鬼。雜旦作拋磚旦原來是隻仙鶴飛去了、雜旦胎仙夢醒飛過秋灘。吟介窗鐙焰已昏。寒塘渡鶴影。旦作驚介這一句更好了、這鶴眞是助他的、【餘音】好一个寒塘鶴影多淸惋要對的。他凄楚蒼涼增感嘆纔不是學步邯鄲。作仰首尋思介雜旦大家細想、不肰明日再聯亦可、旦作喜色介有了、冷月葬詩魂。可對的過麽、雜旦拊掌介好句好句、貼扮妙玉上兩位詩翁、不可再聯下去了、旦雜旦 呀是妙公、貼 我聽他們吹的好笛、就走到了這裏、又聽你兩人聯句、遂聽住了、詩中佳句雖多、只是過於頹敗酸楚、夜漏已深、快同到菴中吃杯茶去、只怕雞聲將唱矣、旦 誰知道已到了這个時候了、雜旦 就此同去罷、行介貼 我來阻住你們的詩興呵、

【豆葉黃】怕心聲成讖。數運相關。一般的掌珠閨秀。怎禁得許多愁儹。向雁堂同聽茶板。消却心煩。雜

旦　閣外的松濤飛捲。和著那半聲鐘響。旦向雜

旦　且和你寫上雲藍剪燭重看。

貼　到了、請向裏邊錄了出來、待我來續貂如何、

旦笑介　正要請教、這等一發好了、同下

聯句

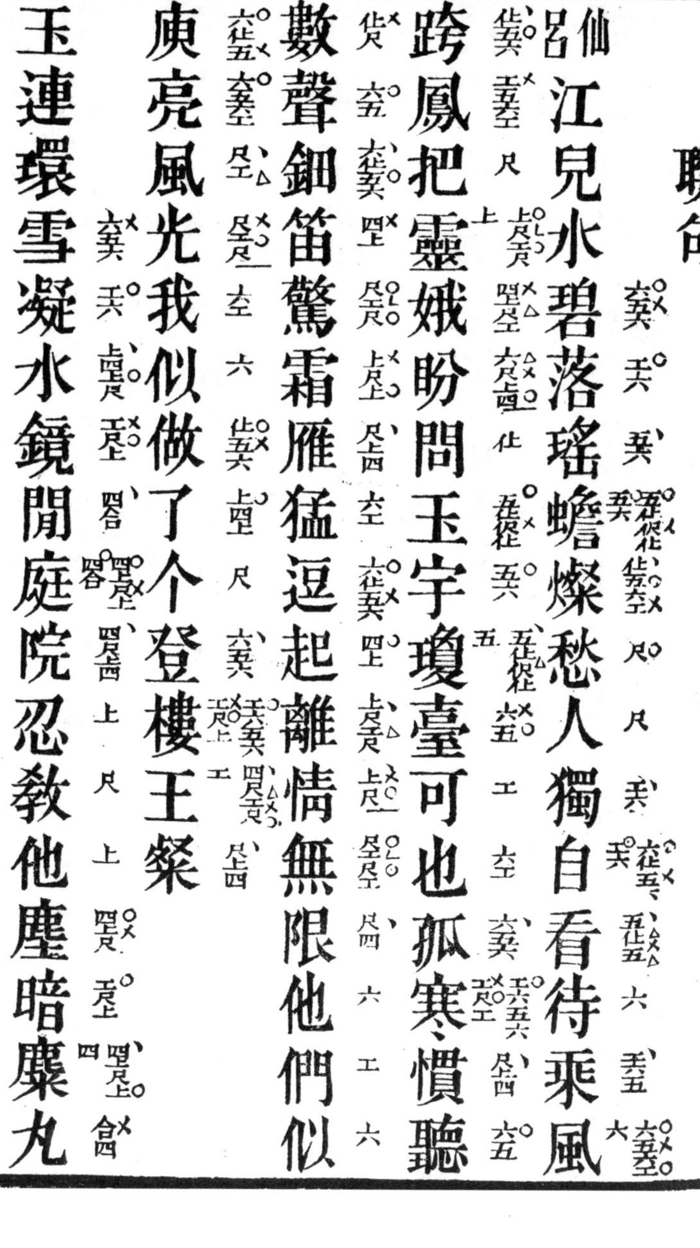

仙呂 江兒水

碧落瑤蟾燦，愁人獨自看。待乘風跨鳳把靈娥盼，問玉宇瓊臺可也孤寒。慣聽數聲鈿笛驚霜雁，猛逗起離情無限。他們似庚亮風光，我似做了个登樓王粲。

玉連環

雪凝水鏡閒庭院，忍教他塵暗麋丸

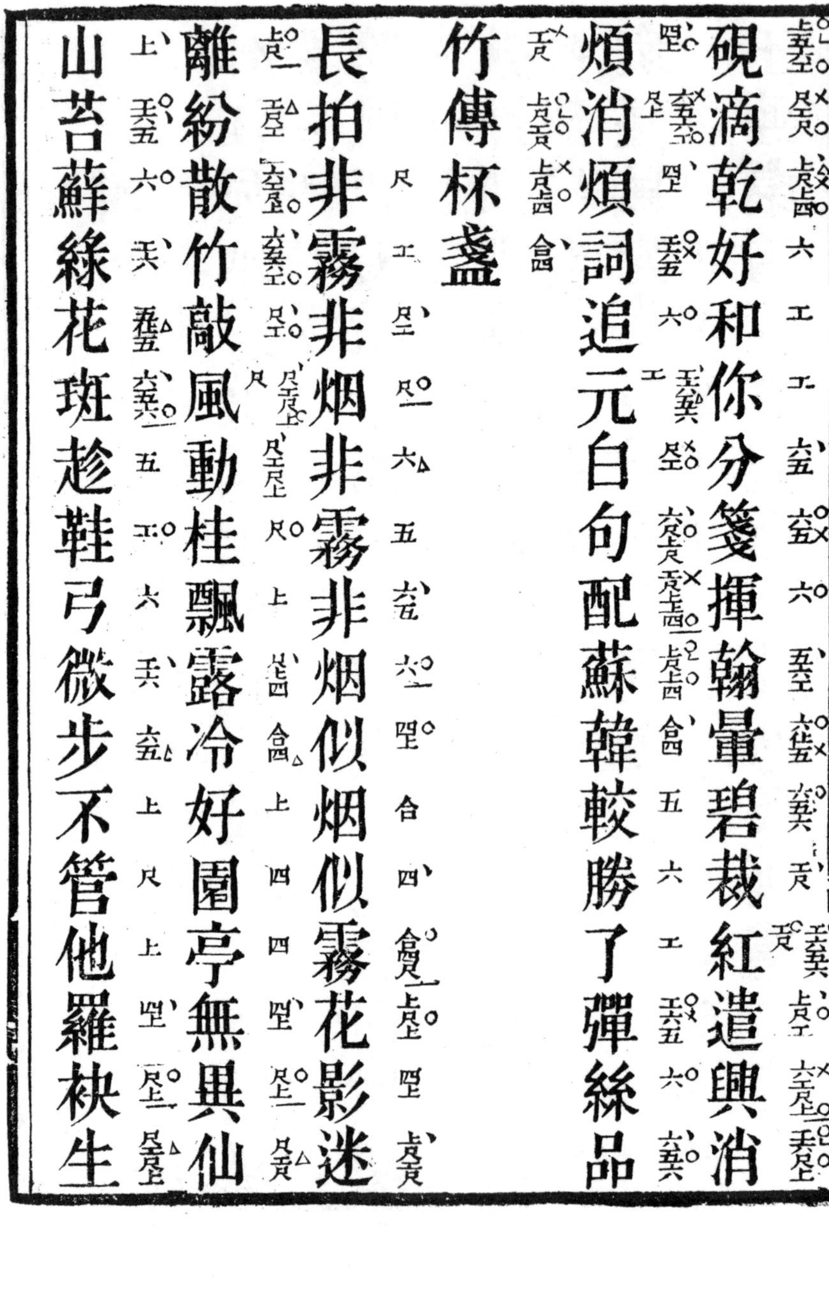

硯滴乾好和你分箋揮翰暈碧裁紅遣興消

煩消煩詞追元白句配蘇韓較勝了彈絲品

竹傳杯盞

長拍非霧非烟非烟非霧非烟似烟似霧花影迷

離紛散竹敲風動桂飄露冷好園亭無異仙

山苔蘚綠花斑趁鞋弓微步不管他羅袂生

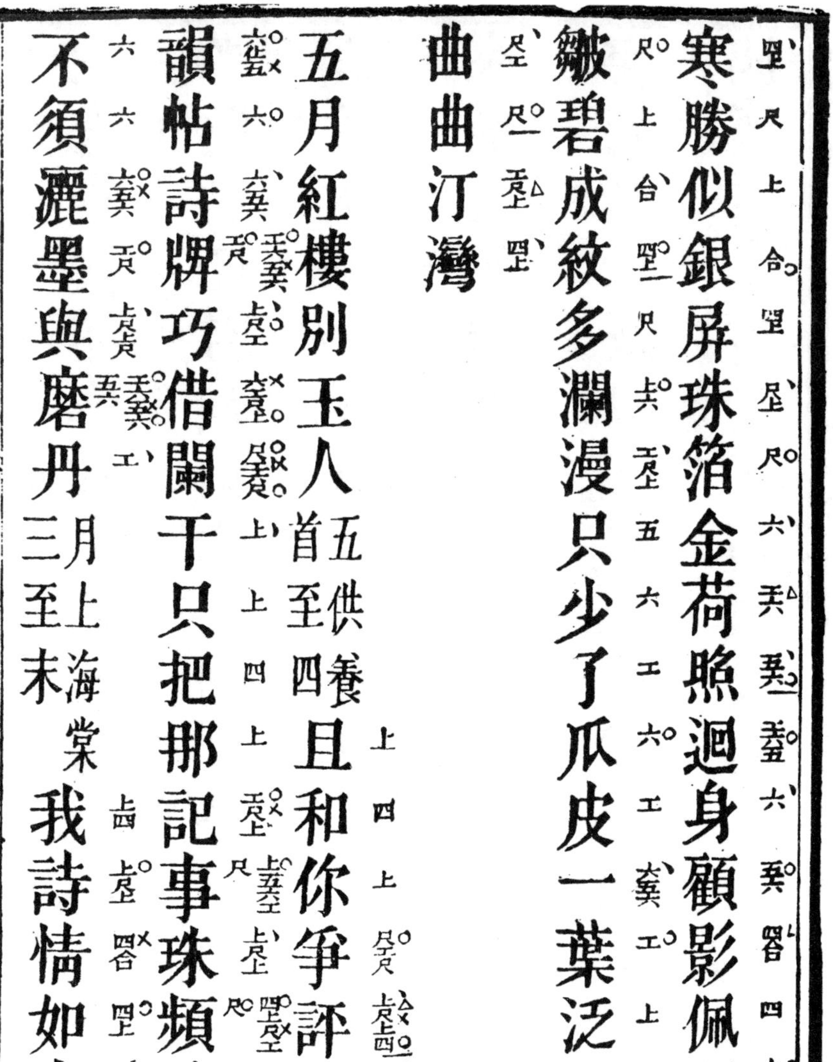

寒勝似銀屏珠箔金荷照迴身顧影佩珊珊

皺碧成紋多瀾漫只少了瓜皮一葉泛遍這

曲曲汀灣

五月紅樓別玉人 五供養 首至四 且和你爭評月旦

韻帖詩牌巧借闌干只把挪記事珠頻掐也

不須灑墨與磨丹 月上海棠 三至末 我詩情如夜鵲

三逵難安你休做出滿城風雨近重陽教我

忙避席任君譏訕休虛讚是臏語浮詞教人

顏赧【紅娘子】首至四 可知道韻險詩難怎便把寫景

來刪笑你趨異爭奇把冷字翻到做了道家

書光庭杜撰【雁過南樓】四至末 趁這心閒意閒向枯

腸搜索多番只要靈機變幻怎道綠窗人嬾

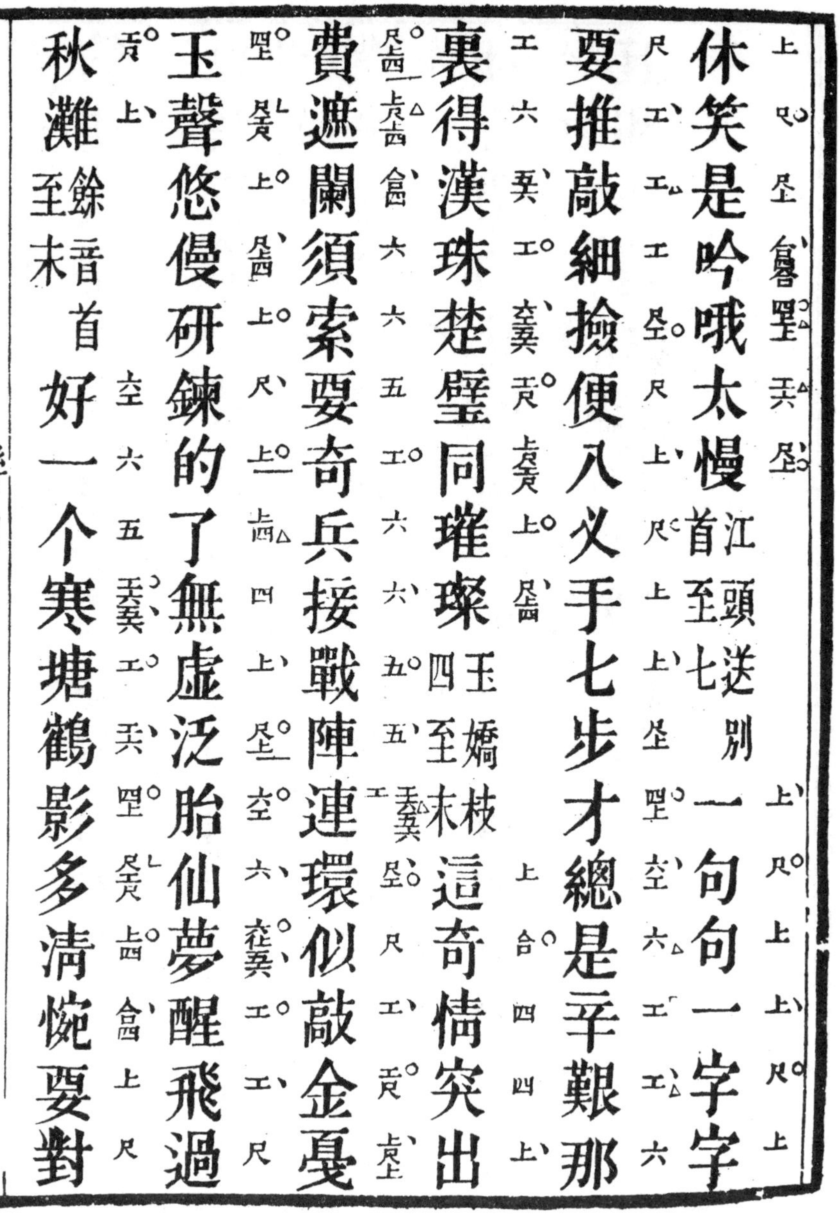

休笑是吟哦太慢江頭送別首至七一句句一字字

要推敲細撿便八乂手七步才總是辛艱那

裏得漢珠楚璧同璀璨玉嬌枝四至末這奇情突出

費遮闌須索要奇兵接戰陣連環似敲金戛

玉聲悠優研鍊的了無虛泛胎仙夢醒飛過

秋灘餘音首至末好一个寒塘鶴影多清惋要對

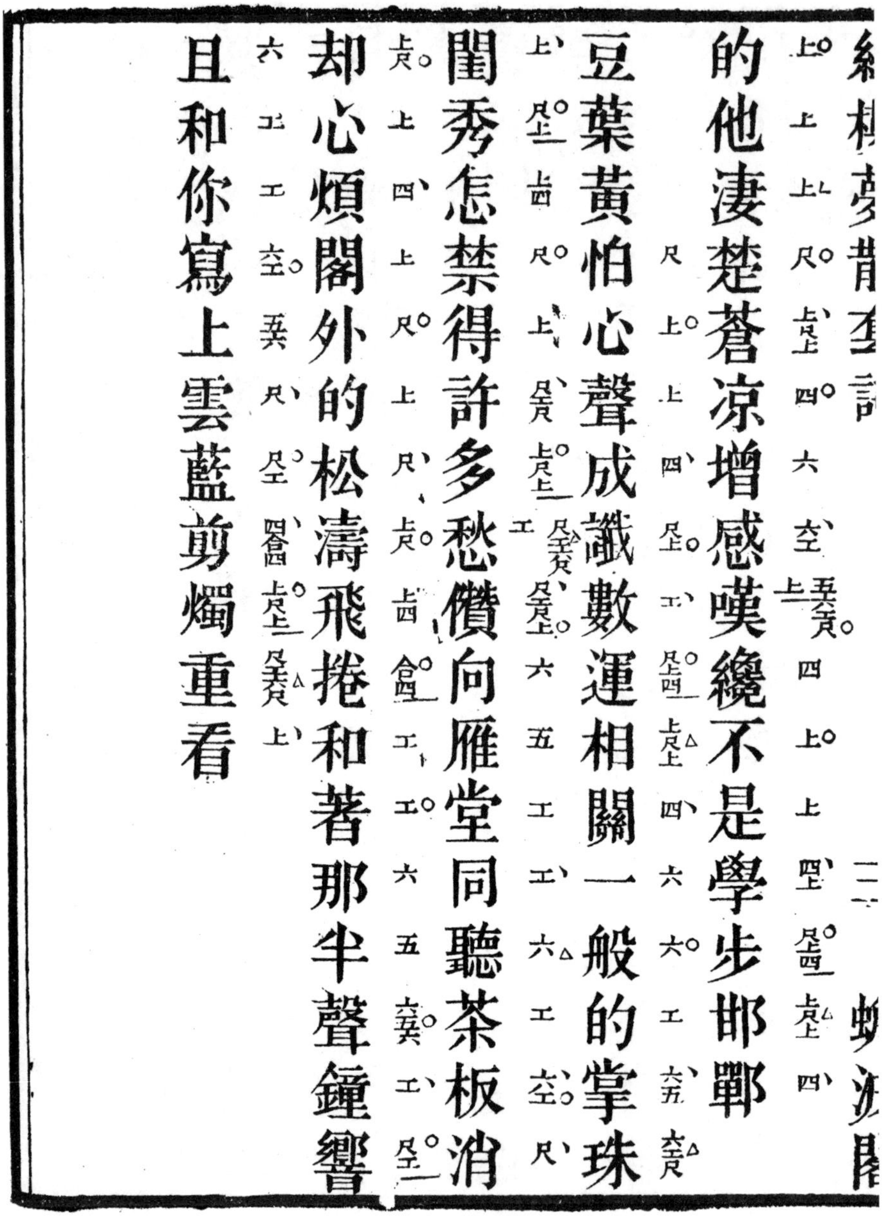

的他淒楚蒼涼增感嘆纔不是學步邯鄲

豆葉黃怕心聲成讖數運相關一般的掌珠

閨秀怎禁得許多愁攢向雁堂同聽茶板消

却心煩閣外的松濤飛捲和著那半聲鐘響

且和你寫上雲藍剪燭重看

紅樓夢散套圖　癡誄

蟾波閣

紅樓夢散套第八

荆石山民塡詞

癡誄

生袖誄上

高宮端正好蕣英凋芳華颾看甚的橘綠橙黄鷩秋潘令多凄愴脈脈悲泉壤

集樊榭山房悼月上句悵悵無言卧小窗漫歌挑葉不成腔當時見慣鷩鴻影纔隔黄泉便渺茫早間小丫頭說晴雯去做芙蓉神了品物類

才、斯言可據、因此作下芙蓉誄一篇、好向花前泣奠一番、

【滾繡毬】影消了掃黑屏聲殘了響屧廊塵漠漠綺寮珠網冷惺惺鴛帷蛤帳（頓足介）多則爲猛然間謠諑來一霎時蛾眉喪不許他小淸娛追隨書幌可憐他病珊珊竟臥黃腸難求蓬閬山中藥虛盼蘅蕪夢裏香萬種悲涼

想他五載相依、千般柔順、好不令人感悼也、

【前腔】裁半臂護春寒燒片腦伴秋釭俏雲鬟風花跌蕩小比肩圓冰偷漾蹙眉心翠黛嗔托香腮紅潮漲豔盈盈綵箋分掌碧澄澄露茗同嘗只指望詩人老去鶯鶯在一似他公子歸來燕燕悵怎變了如許收場

那日到他家中看他眞个是火烙肝腸了、（哭介）

【叨叨令】那里有繡榻牙牀只臥著一个腌腌臢臢的炕幾曾得玉液瓊漿稍潤他焦焦煩煩的嗓只

見那衾兒枕兒擁著个矇矇矓矓的樣握著那巾兒帕兒說不盡那熬熬煎煎的狀兀的不痛殺人也麼哥兀的不慘殺人也麼哥待的俺出了門兒他還是悽悽惶惶的望

且把誄文念過好化在芙蓉樹下、念介維太平不易之元蓉桂競芳之月無可奈何之日怡紅濁玉謹以芳泉露茗花蘂冰綃致祭于白帝宮中撫司秋豔芙蓉女兒之靈曰切思女兒自臨人世凡十有六載玉得相與共處者僅五年八月有奇其爲貌則花月不足喻其色其爲體則冰雪不足喻其潔姊妹悉慕嫻媖嫗媪咸欽慧德豈料高標見嫉貞烈遭危偶逢蠱蠆之讒遂抱膏肓之疾花原自怯豈耐狂飈柳本多愁何禁驟雨自蓄辛酸誰憐夭折洲迷聚窟何來卻死之香海失靈槎不獲回生之藥眉黛煙青昨猶我畫指環玉冷今倩誰溫芳名未泯簷前鸚

鵡仍呼豔質將亾檻外海棠預萎休道紅綃帳裏公子情深恰憐黃土隴中女兒命薄乃知絳闕垂旌花宮待詔生儕蘭蕙死轄芙蓉始信權衡不虛秉賦一杯遙奠哀哉上饗焚誄介

【四煞】把憂愁訴與卿憑著這鮫綃誄一章茫茫長夜何時了剛空留得撕殘的湘扇抛塵架織補的金裘貯綵箱教俺觸目增悲愴眞个是水流花落物在人亾

焚香介

三煞　篆氤氳透鴨爐那里是震靈丸却死香最憐刼火光中葬好一似胥濤送玉無青冢蜀道招魂賸繡囊只願你從今懺盡紅塵障驂鸞瑤闕跨鳳神鄉

灑淚奠酒介

二煞　搵不住淚珠兒滴在那雲母漿　咳　這漿兒和淚都要卿分享看了這半衿薄襖留情重兩管纖

愁寄恨長并非俺貪戀此生不與卿同盡想你也知道的別有个誓三生難欺詎負了你雙株連理一塚鴛鴦

呀猛地涼風亂捲可是你靈兒降了

一霎猛然間捲涼颸似芳魂過這廂冥途中聽不出蹤屧弓弓響要問你帷中人影歸何處指上環痕在那方再生緣心期望盼斷了一雙淚眼轉盡了千片　腸

你看新月東生、秋聲滿耳、無非助人悲悼也、
【隔尾】遍苔徑隕殘梧滿莎砌咽寒螿看簾風竹影多惆悵好做个不寐的鰥魚永夜想
生弔場旦上 旦請留步、生回身介呀 原來是妹妹、旦 好新奇祭文、可與曹娥碑並傳了、生 正要呈稿削正、旦 長篇大論、一時不能細悉、只是紅綃黃土一聯、未免俗濫、我們現用霞影紗何不說茜紗窗下呢、生笑介 甚好、但是唐突閨閣了、

不如改作茜紗窗下、小姐多情罷、旦不好、這像誄紫娟了、生又有極妥的了、不如說茜紗窗下、我本無緣、黃土隴中、卿何薄命罷、旦驚疑介不必亂改了、明兒再說罷、生風露清寒、妹妹也早些回去、生下旦躊躕介怎生說茜紗窗下他本無緣呢、

南呂 紅衲襖 早難道小溫嶠瞞過了玉鏡臺詐無情把微言紿料不是三生木石心盟改料不是金鎖

浮謠戀寶釵庾詞兒眞費猜啞謎兒好費解怕的是出口無心倒做了讖語成眞也好教人意懸懸難放懷

看他如許悱惻纏綿、煞是多情種子、也不負晴雯了、

尾聲　國雲散雪灋無奈休只爲不耐秋的紅衣淚滿腮就是我黛玉呵、也不知悶守紗窗能幾載

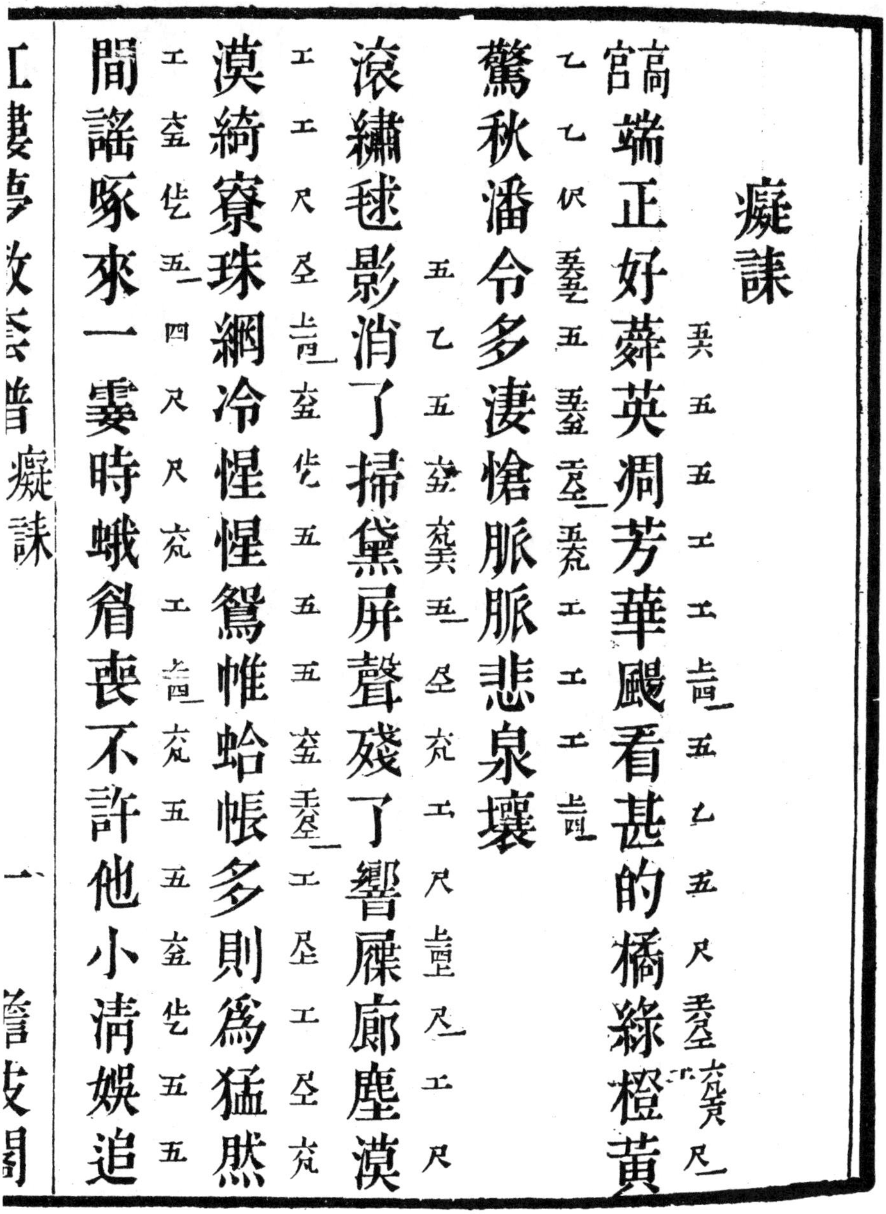

癡誄

高宮【端正好】蕣英凋芳華颭看甚的橘綠橙黃

驚秋潘令多淒愴脈脈悲泉壤

【滾繡毬】影消了掃黛屏聲殘了響屧廊塵漠

漠綺寮珠網冷惺惺鴛帷蛤帳多則爲猛愁

間謠豖來一霎時蛾眉喪不許他小靑娛追

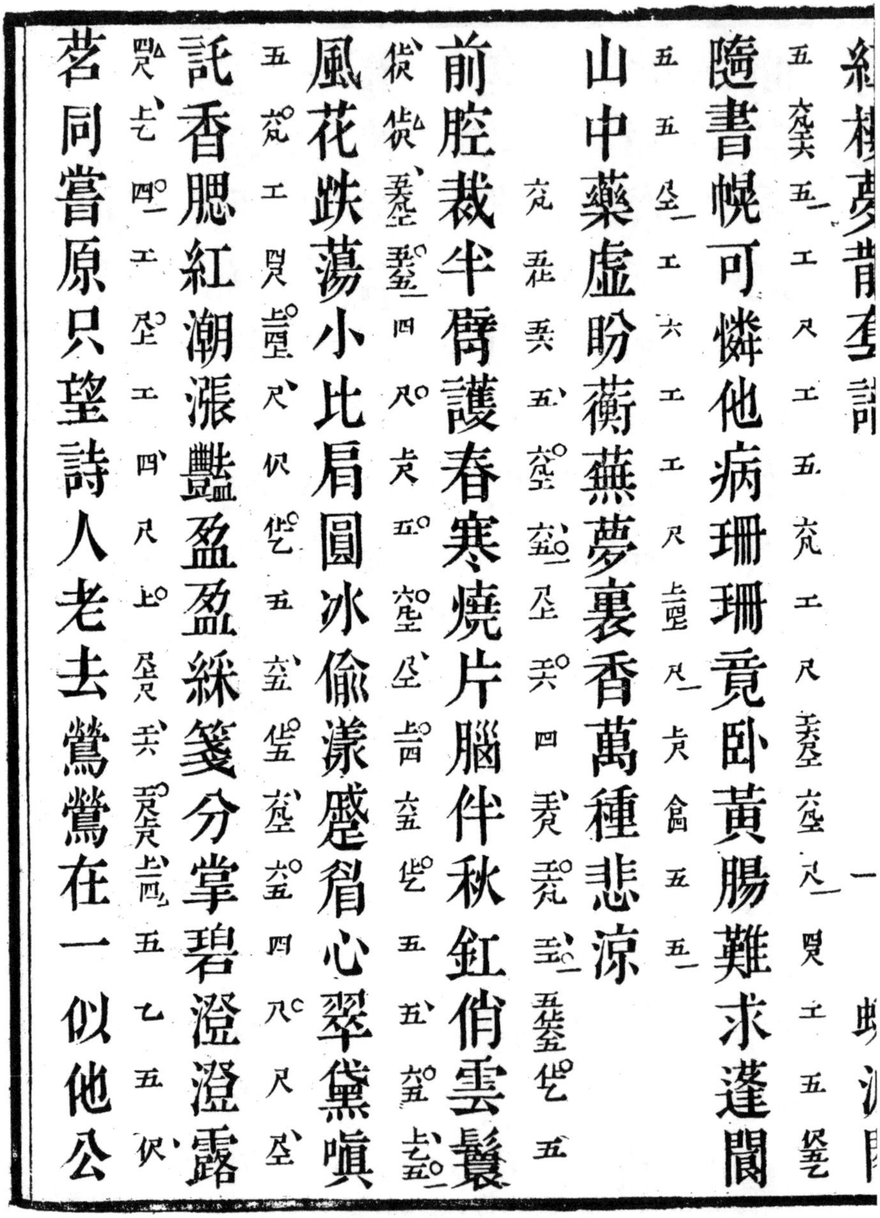

隨書幌可憐他病珊珊竟臥黃腸難求蓬閬山中藥虛盼蘅蕪夢裏香萬種悲涼

前腔

裁半臂護春寒燒片腦伴秋缸俏雲鬟風花跌蕩小比肩圓冰偷漾蹙眉心翠黛嗔託香腮紅潮漲豔盈盈絲箋分掌碧澄澄露茗同嘗原只望詩人老去鶯鶯在一似他公

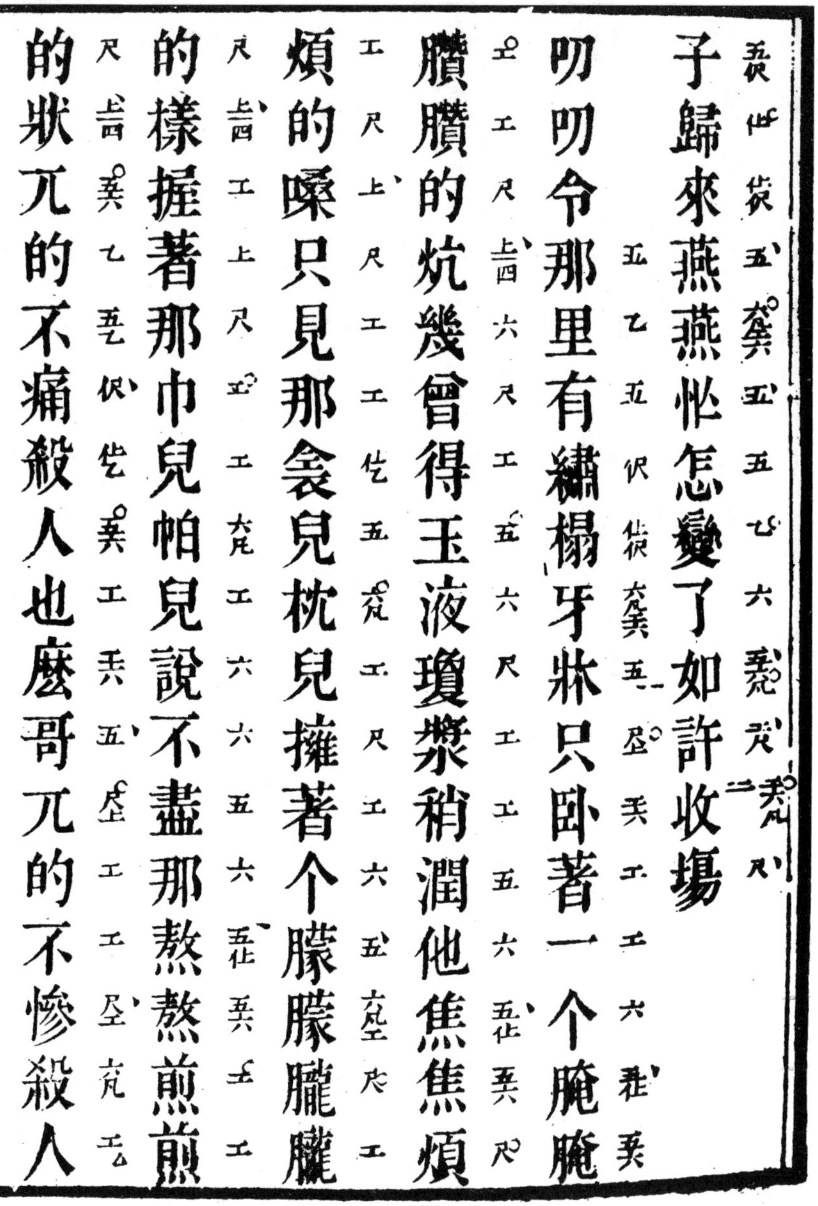

子歸來燕燕忪怎變了如許收場

叨叨令那里有繡榻牙牀只臥著一个腌腌

臢臢的炕幾曾得玉液瓊漿稍潤他焦焦煩

煩的嗓只見那衾兒枕兒擁著个朦朦朧朧

的樣握著那巾兒帕兒說不盡那熬熬煎煎

的狀兀的不痛殺人也麼哥兀的不慘殺人

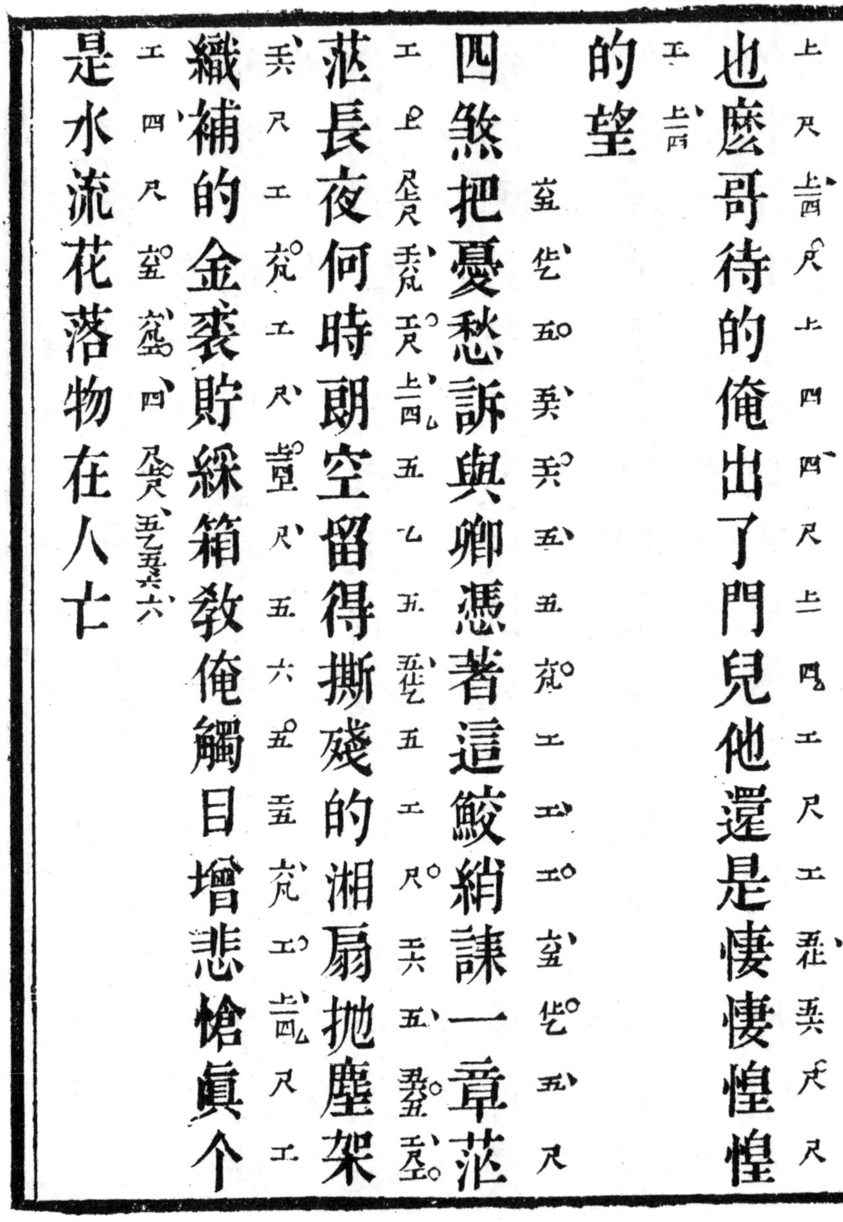

上 尺 上四 尺 上 四 四 尺 上 四 工 尺 工 五上 六五 尺 尺

也麼哥待的俺出了門兒他還是悽悽惶惶

工 上四

的望

五六 上六 五 六五 六五 五 五 六五 工 工 工 五六 上六 五 尺

四煞把憂愁訴與卿憑著這鮫綃謀一章菭

工 上 尺上尺 五六尺 五六尺 上四 五 乙 五 五六乙 五 工 尺 五六 五 五六五 五六

菭長夜何時朗空留得撕殘的湘扇抛塵架

五六 尺 工 六五 工 尺 上 尺 五 六 五 五 六五 工 上四 尺 工

織補的金裘貯綵箱教俺綱目增悲愴眞个

工 四 尺 五六 六五 四 尺上尺 五乙五六六

是水流花落物在人亡

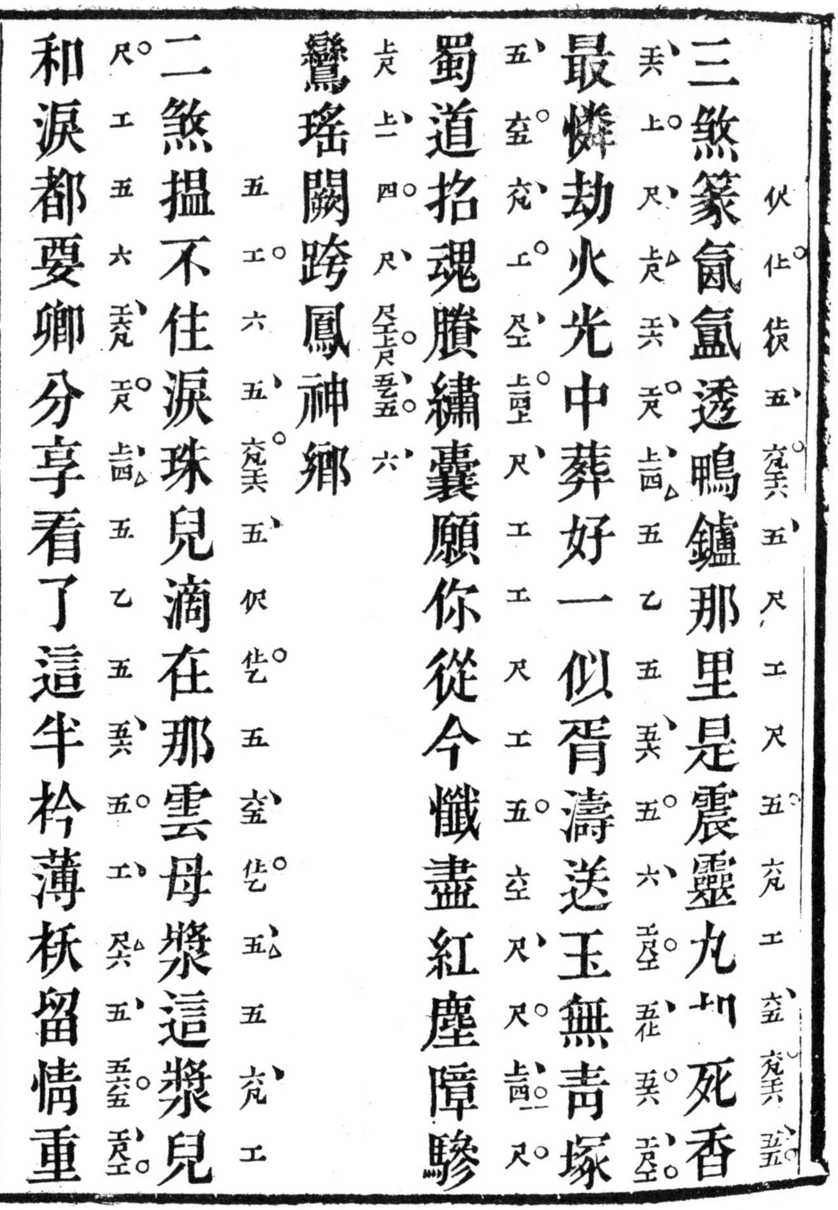
三煞篆氤氳透鴨鑪那里是震靈丸卻死香
最憐劫火光中葬好一似胥濤送玉無青塚
蜀道招魂賸繡囊願你從今懺盡紅塵障驂
鸞瑤闕跨鳳神鄉
二煞揾不住淚珠兒滴在那雲母漿這漿兒
和淚都要卿分享看了這半衿薄袄留情重

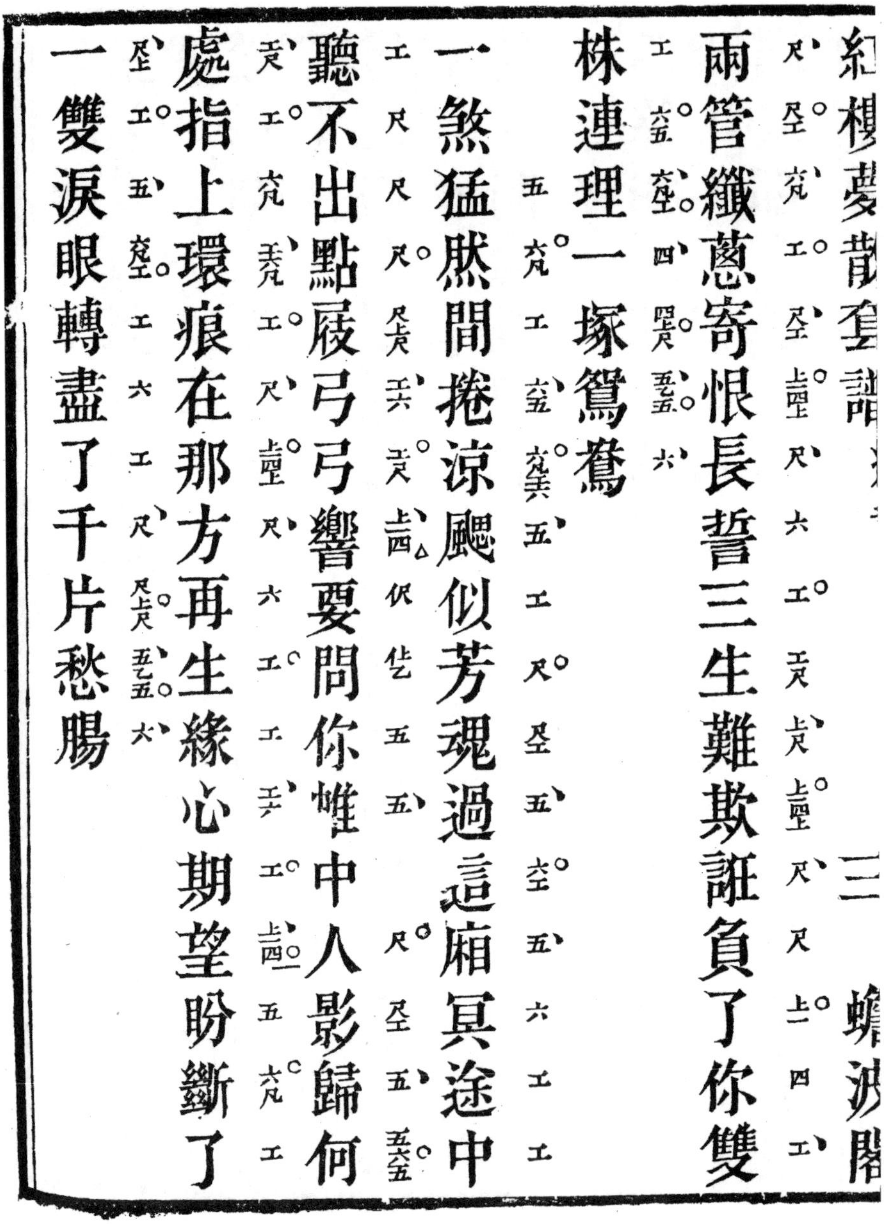

兩管纖葱寄恨長誓三生難欺誑負了你雙株連理一塚鴛鴦

一煞猛肰間捲涼颸似芳魂過這廂冥途中聽不出點屐弓弓響要問你帷中人影歸何處指上環痕在那方再生緣心期望盼斷了一雙淚眼轉盡了千片愁腸

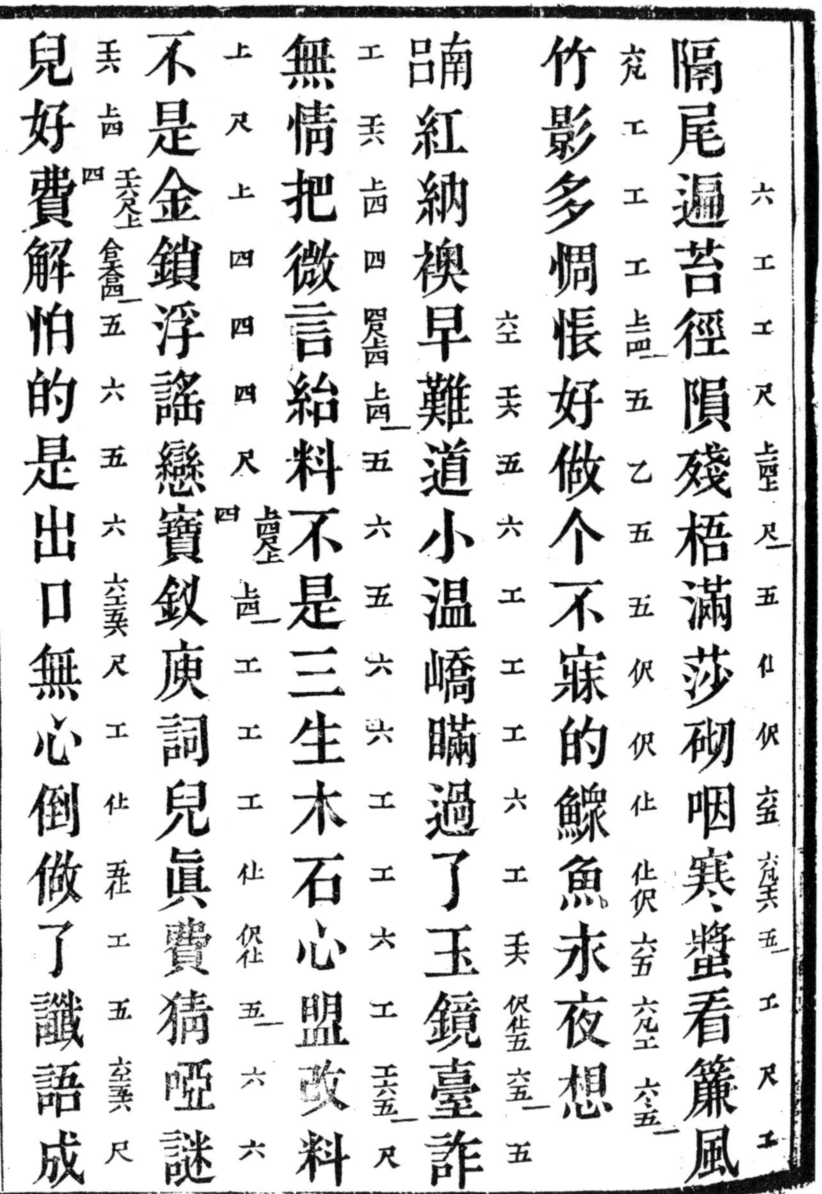

隔尾遍苔徑隕殘梧滿莎砌咽寒蛩看簾風竹影多惆悵好做个不寐的鰥魚永夜想

南呂紅納襖早難道小温嶠瞞過了玉鏡臺詐無情把微言紿料不是三生木石心盟改料不是金鎖浮謠戀寶釵庚詞兒眞費猜啞謎兒好費解怕的是出口無心倒做了讖語成

眞也好教人意懸懸難放懷

尾聲

團雲散雪渾無奈休只爲不耐秋的紅衣淚滿腮也不知悶守紗窗能幾載

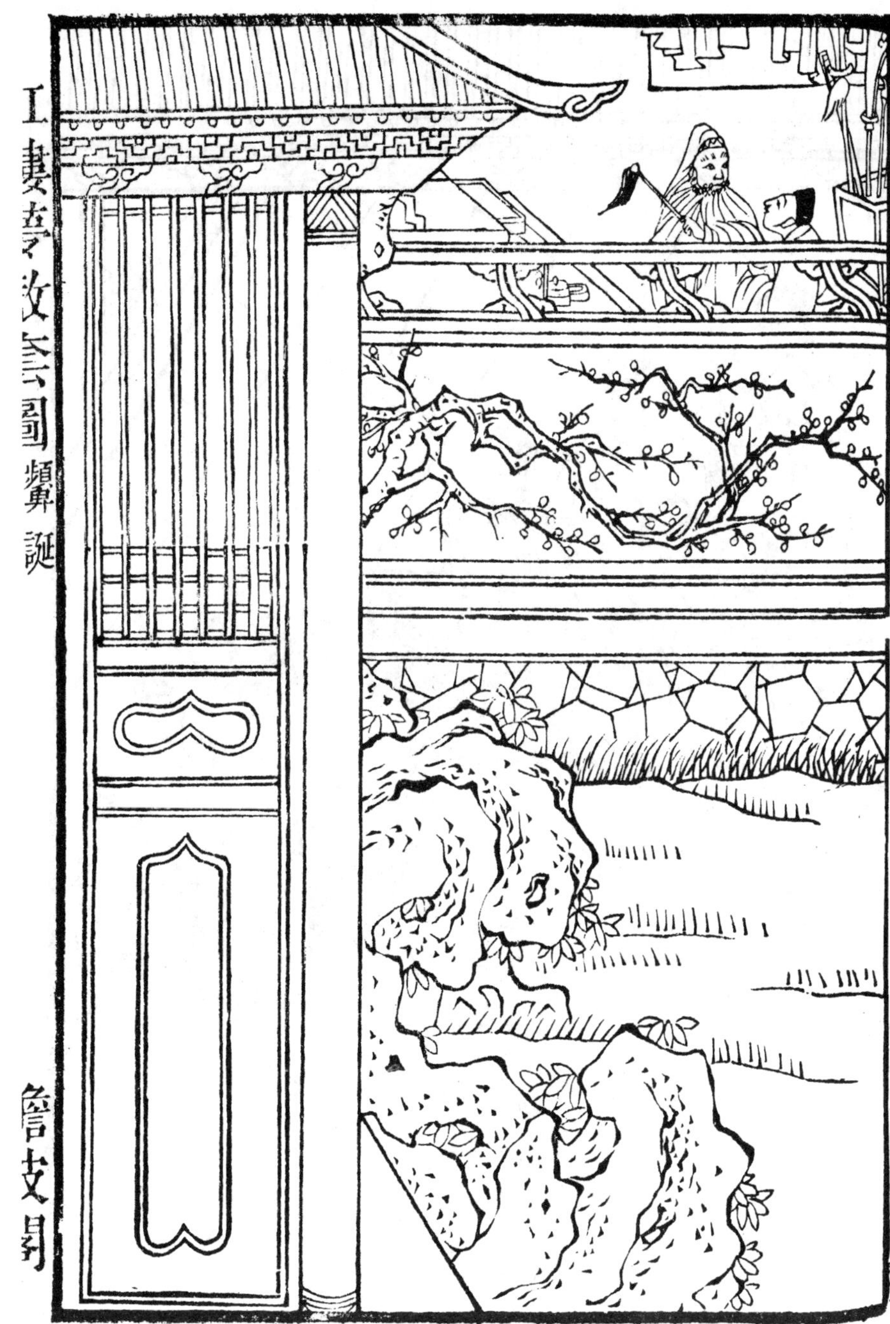
工妻孝攵云圖類誕
詹攴刖

紅樓夢散套第九

荆石山民塡詞

䵷誕　雜旦扮史湘雲薛寳琴迎春探春惜春老旦扮李紈貼旦扮王熙鳳生扮寳玉上合

【小石調】【相思引】珠璫瑳前寳炬焚。蘭堂百和正氤氲。嫈嫇彩伴。髣髴列仙羣。

【集唐】湘雲　金谷如相並。【李德祐】寳琴　瑶池似不遥。【張喬】李紈　蘭迎天女佩。【崔湜】熙鳳　柳斷舞兒腰。【李賀】迎春

銀榼攜桑落。白居易 寶玉 珠釵挂步搖。張仲素 探春
綵雲飄玉砌。趙存約 惜春 鸞鳳夾吹簫。杜甫 老旦 今
日林妹妹生辰、奉老太太之命、排宴園中、著梨
香院女孩子演戲稱觴、林妹妹已到榮禧堂、見
太太們去了、向雜旦介 我們就在此間候他下
來坐席罷 衆 正是 貼 寶兄弟、你看林妹妹帶得
紫娟、珊珊來也、生笑介雜旦

北仙呂 寄生艸 你看他玉樹亭亭立。香蓮冉冉薰。恰

似藐姑山飛下了神人俊洛川妃徐步的淩波穩玉巵娘出落的新粧靚則這颭瀟湘六幅畫裙拖只少簇瑶軿幾朶雲霞襯

旦帶紫娟䒑雁上 竹樓花榭參差過、珠箔銀屏迤邐開、衆 妹妹來了、就此拜祝罷、旦 姊妹多禮、實不敢當、對拜介貼 小的在此伺候姑娘大駕狠久了、請姑娘上坐罷 雜旦 二嫂子、這是我向常聽說你對二哥哥說的、仔嗎今兒又向林姐姐說這个呢、貼笑介你別跟着我數貧嘴、專挑人家的短、生向旦介早到瀟湘妹妹已經出來了、未及專誠叩覗、旦豈敢有勞、貼你兩个那里像天天在一塊兒的、有這些套話、可是人說的相敬如賓了、旦羞介老旦向旦介妹妹我把盞了、旦謝各歸坐介

么篇多謝恁檀几圍來密芳樽勸的勤趱着這好花朝敢延得羣芳命只這大觀園也抵得琳宮勝

多怕俺小苗條當不得瑤田筍（衆合）但祝恁保平安九畹茝蘭身便是佩長生六甲靈妃印

（紫娟引女樂上稟介）請姑娘們點戲、（貼）點什麼、你們替林姑娘上个壽、就把新演的做上來是了、（應下介）

（女樂扮鍾離鐵拐上）（元賈仲名詞）（鍾離）玉殿金階列衆仙、蟠桃高捧獻華筵、（鐵拐）仙酒仙花映仙果長生不老億千年、今日本府中姑娘壽誕

我等理應敬祝千秋（仙呂）【奉時春】遠望蓬瀛瑞靄飄。銜紫誥一雙青鳥。白玉圍池。瓊花成島。獻桃酒介 九重春色醉仙桃。下

老旦 要是咱們林妹妹、纔配得過這兩仙上壽、

貼 我也想做仙人好、雜旦 二嫂子你莫不是要仙人點石成金的那个指頭兒嗎、貼 啐 我倒要有仙人的心呢、旦 這又奇了、鳳姐姐要來怎麼

貼 咳 我若有了、就知道人家幹的事、你連二哥

再要娶什麽九幾姐、那可就瞞我不過了、衆笑

介

女樂扮二仙姬用翠節引嫦娥上宴蟠桃不昧

靈光。頓超塵刼。重歸月殿逍遥。我乃月姊是也

上清小謫、墮入軟紅、幾乎給人爲配、幸蒙普陀

大士指引重返廣寒、憶著前踪、好不自危也、河

傳塵緣可笑。只認風情好。一任他情絲密繞。那

知道閃電年華。春草秋花易老。咳險些兒把廣

寒宮怎却了。細樂引下

雜旦　這就是新出蘂珠記裏的冥昇了、紫絹向

各席斟酒介

南中呂集曲【駐馬鎗】駐馬聽　旦　只見他絳節歸眞依舊是、七寶光中人導引想那芳華朝菌料著他步虛聲裏也暗消魂再不學蘭香容易降凡塵暢好老霜娥碧海青天穩【急三鎗】彩霞分霄路準踏雲頭重把那瓊樓認

貼也虧了這女孩子、我前兒在忠順王府裏瞧見扮這个的小旦、叫做蔣玉函、人品兒生得同蓉兒一樣、怪好的、要不是寶兄弟鬧過那一次、我就叫他到咱們家來使用了、雜旦你要他幹什麼、貼你不知道、我身邊平兒這些人、哼哼唧唧、一句話也說不上來、撿截換上小子們也好、雜旦那再沒有奶奶隨身跟小子的、貼笑介原是我空有這个心罷了、

（女樂扮達摩帶徒弟捧鉢上）（小蓬萊）踹著這一莖黃蘆歸去也。滿眼的亂捲驚濤。濁流不息。法航可渡。徒弟、大凡人世機關、也多是如此險惡。但他不肯自渡耳。倘能莽證呵、覺岸非遥。誰是咱家和你棲慮元門。萬念都消。你看香城霧廓。蓮花座上。笑語相招。（下）

雜旦這也是新譜、雪雁向各席斟酒介

（前腔）生只見他了悟前因。霎時裏証了蓮花臺九

品這是禪宗心印早渡了萬重慾海與迷津趁著這天風海水莽奔渾那裏有癡雲膩雨胡厮混笑紅塵眞海蜃老頭陀値不的回眸哂

貼單是你們看戲罷了有許多議論、旦起立介就向老太太那里謝酒去罷、

【尾聲】衆慢亭仙樂留餘韻雜旦這歡塲暫慰了多愁多病旦只恐人散歌終依然翠黛顰

[illegible]誕

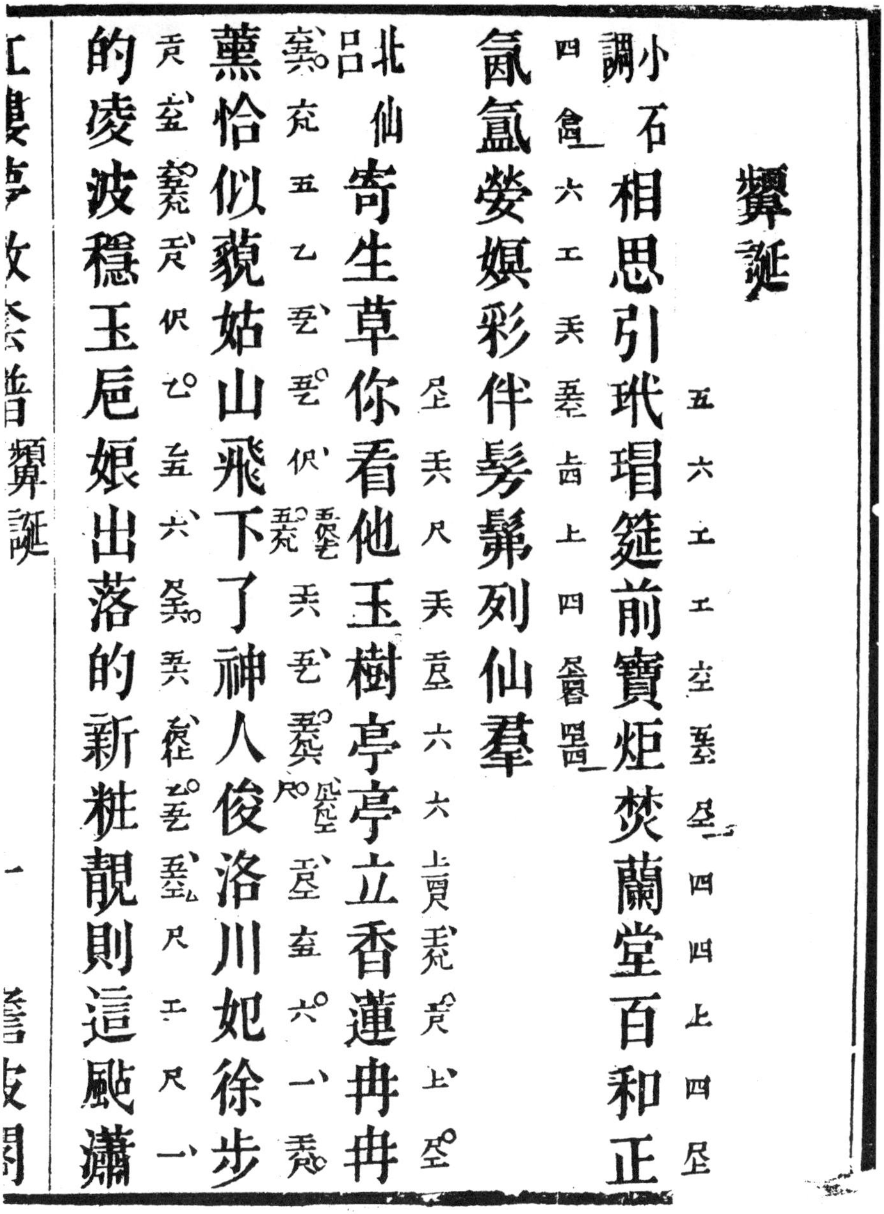

小石調 相思引

五六工工[illegible][illegible][illegible]四四上四[illegible]

四[illegible]六工[illegible][illegible][illegible]上四[illegible][illegible]

琲瑁筵前寶炬焚蘭堂百和正氤氳婆娑彩伴髻鬟列仙羣

北呂 仙 寄生草

[illegible]六工[illegible]六上[illegible][illegible][illegible]上[illegible]

你看他玉樹亭亭立香蓮冉冉

[illegible][illegible]五乙[illegible][illegible][illegible][illegible][illegible][illegible][illegible][illegible][illegible]六一[illegible]

薰恰似藐姑山飛下了神人俊洛川妃徐步

[illegible][illegible][illegible][illegible][illegible][illegible][illegible]六[illegible][illegible][illegible][illegible][illegible]尺工尺一

的凌波穩玉卮娘出落的新粧靚則這颭瀟

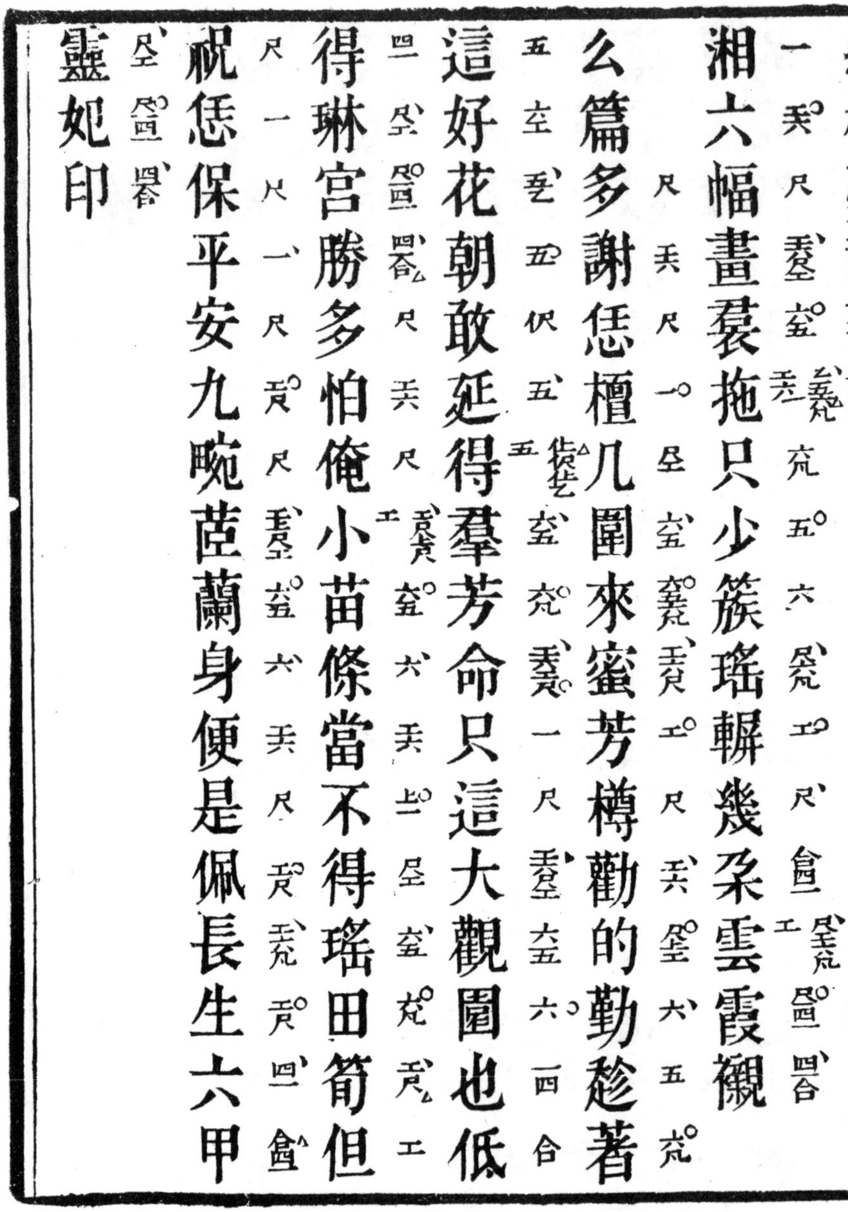

湘六幅畫裙拖只少簇瑤輧幾朵雲霞襯

么篇多謝恁檀几圍來蜜芳樽勸的勤慇著

這好花朝敢延得羣芳命只這大觀園也低

得琳宮勝多怕俺小苗條當不得瑤田簡但

祝恁保平安九畹茝蘭身便是佩長生六甲

靈妃印

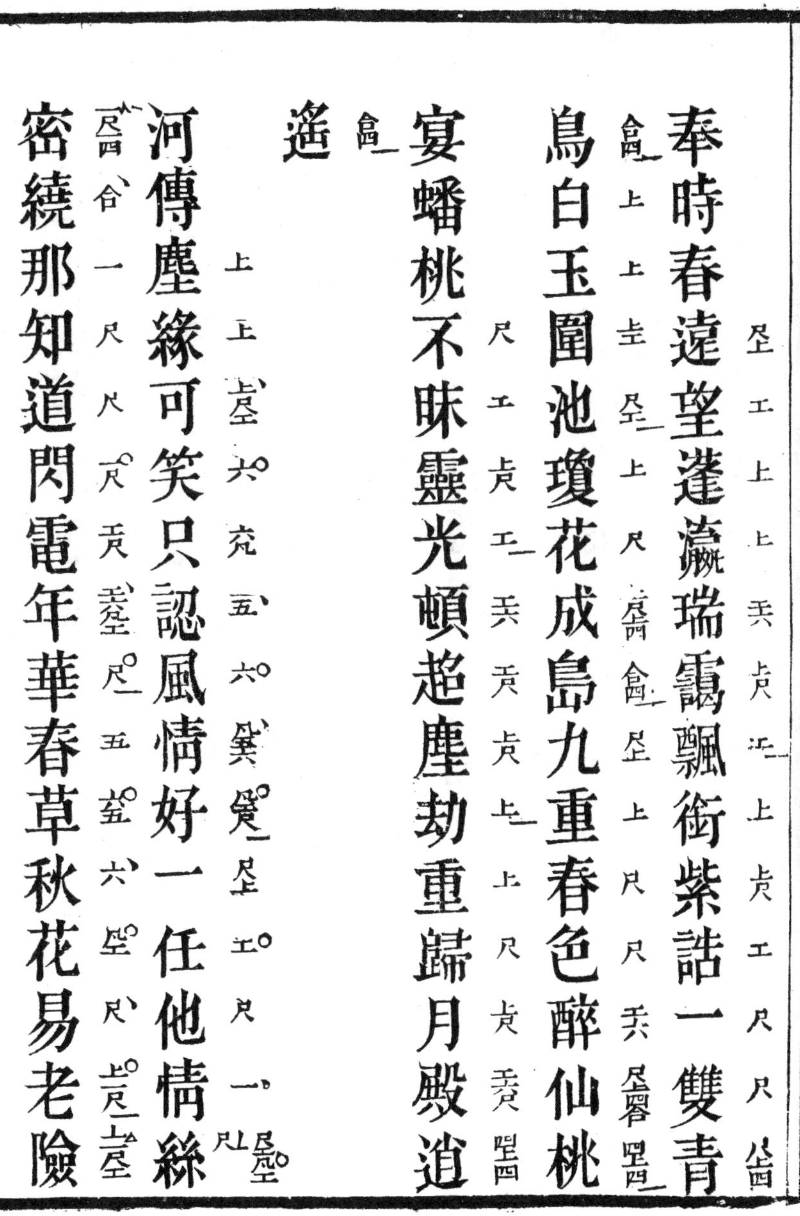

奉時春遠望蓬瀛瑞靄飄銜紫誥一雙青
鳥白玉圍池瓊花成島九重春色醉仙桃
宴蟠桃不昧靈光頓超塵劫重歸月殿逍
遙
河傳塵緣可笑只認風情好一任他情絲
牽繞那知道閃電年華春草秋花易老險

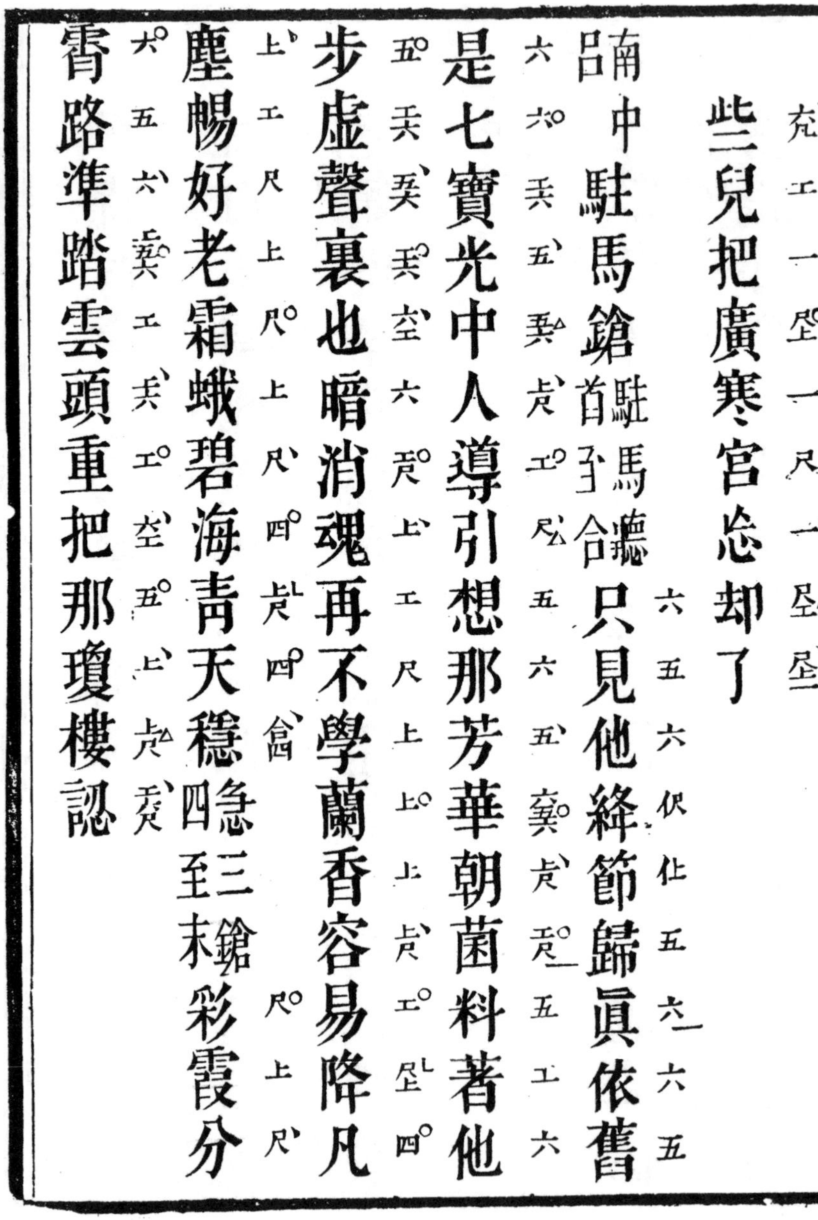

上工一尺一尺一工尺

些兒把廣寒宮忘却了

六五六伬仩五六六五

南呂　中　駐馬鎗　首至合駐馬聽只見他絳節歸眞依舊

六六五五五六尺工尺工五六五五六尺工尺工五工六

是七寶光中人導引想那芳華朝菌料著他

五六五六五六工六尺工上工尺上上上尺工尺工四

步虛聲裏也暗消魂再不學蘭香容易降凡

上工尺上尺上尺四尺四合　尺上尺

塵暢好老霜蛾碧海青天穩　急三鎗　四至末　彩霞分

六五六五六工六工工五上尺五六

霄路準踏雲頭重把那瓊樓認

尺　上　仩　尺　工　上　上　尺　尺上　四上　上　尺　上

小蓬萊踹著這一莖黃蘆歸去也滿眼的

尺上　上尺　四上　合四　四　四尺　工　工　尺　上　上尺　工上尺　尺　工　四合　合四

亂捲驚濤濁流不息法航可渡覺岸非遙

上尺　工　尺　尺　上　尺上　尺　工　上　上　工　工　尺上　四　尺上　工

誰是咱家和你棲處元門萬念都消你看

尺　上尺　上尺　工　上　尺　五　六五　上尺　上尺　四上　四

香城霧廓蓮花座上笑語相招

六　五　六　六五　五　五六　六五　六　工　六　五六　六　工六　五六　上尺

前腔只見他了悟前因霎時裏證了蓮花臺

六尺　上尺六　五　六　工　五六　六　六五　六　五　六五　六　工　五六　六五　尺　上尺

九品這是禪宗心印早渡了萬重慾海與迷

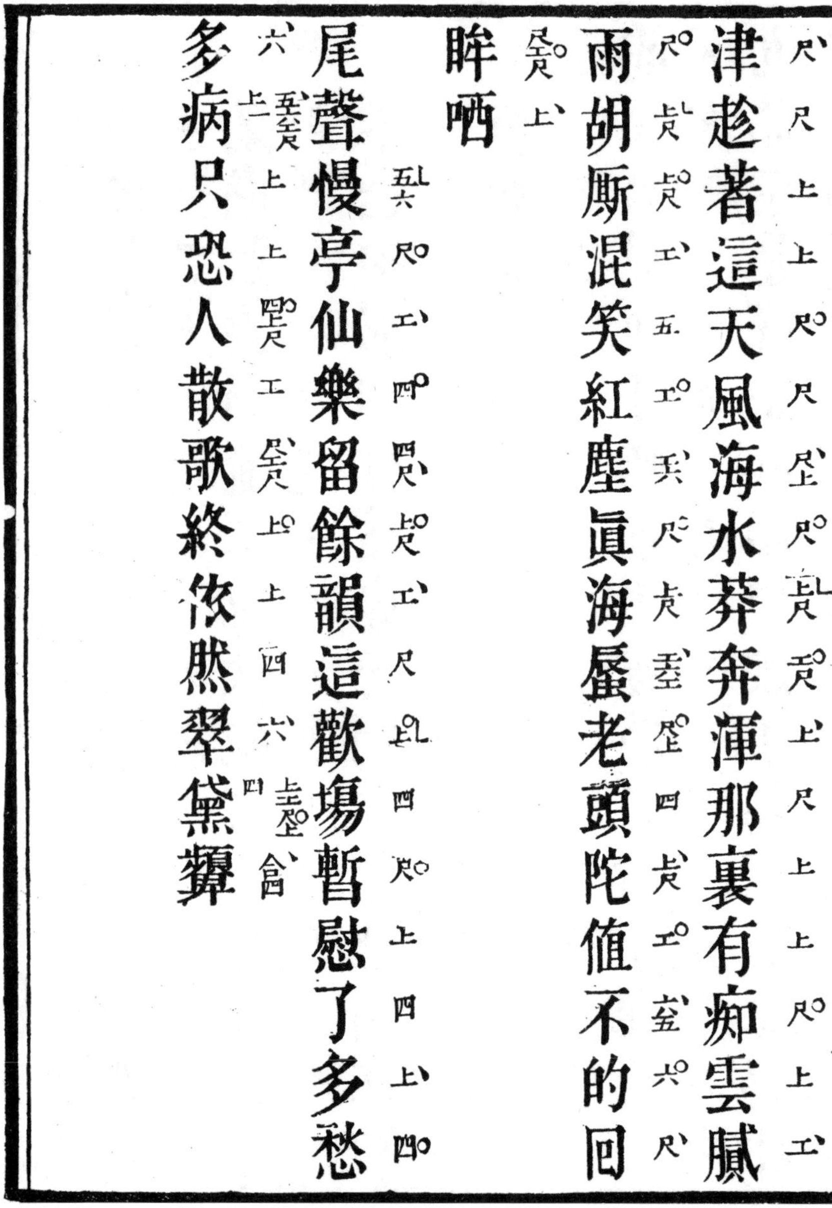

津趁著這天風海水莽奔渾那裏有痴雲膩雨胡廝混笑紅塵眞海蜃老頭陀値不的回眸哂

尾聲慢亭仙樂留餘韻這歡場暫慰了多愁多病只恐人散歌終依然翠黛顰

工婁喜故舍圖寄情

詹安寫

紅樓夢散套第十

荊石山氏塡詞

寄情

場上先設書案列文房四寶介旦上

【酒泉子】習習涼風。（蕭穎士）舊恨年年秋不管。（馮延己）倚闌干。（李景）凭繡檻。（閻選）思無窮。（薛昭蘊）殘鐙半點小星紅。（梅堯臣）覆視緘中字。（韋應物）萬般心。（馮延己）千點淚。（顧敻）一時封。（馮延己）我薛寶釵自幼嚴親見背、孀母相依、胞兄薛蟠、任性凶頑、前日酒後、和人爭

競釀成命案收入獄中正是飛禍慘遭呼天莫救兼之夏氏嫂嫂妒忌香菱日有獅聲狺語哀邁萱親含愁病榻想我生辰不偶一至于此乎

【商調】【高陽臺】憔悴慈烏伶仃小鳳那堪家事中變一箇同懷爭禁縲絏遭讁堂萱不是愁憂草況河東獅吼難勸便算我曠襟懷幾能把一寸眉痕擔領他千般憂怨

早間寫下雲箋要寄顰卿妹子未曾將去趁此

遙夜不免再賦古詩四首、一并寄我胸懷則个、

〔解連環〕悶懷難遣有浣花箋六幅霜毫拂硯好寄與湘館知音是一樣香心蕙蘭同畹還只恐韻窘情長悤悤的緘愁猶淺喜伊人咫尺不怕那黃耳信乖魚杳鴻遠頻將蠟花輕剪休認是詞壇擊鉢刻燭忩倦想寄去修竹窗中料幾度沉吟幾許淒戀永夜寒閨猛惺忪春纖難展又添他茜紗窗下淚珠幾串

想當日在大觀園與羣姊妹劈箋分韻、何等歡洽、轉瞬之頃、已成陳跡矣、

【黃鶯兒】回想那秋社好詩篇、詠黃花列翠筵、一班兒星娥月姊神仙眷、花鬟態妍、羅姝笑嫣、抵多少銀璈湘磬瑤池宴、怎留連、芳時閃電、殘夢落花邊、

想俺顏不花紅、竟命如紙薄了麼、

【山坡羊】縱不能逍遙閬苑、也應須安居庭院、怎生價災生禍生、鎮日裏坐城愁把淚洗芙蓉面、幽恨

填憑將尺素傳那日蚪二哥回來說原供雖然番
過聽說他那里還要上控這可就了不得了
倘若是黃門北寺干刑典豈不把白髮高堂魂飛
骨顫憂煎悲煩怎自觸誰憐傷心欲問天
曾記往日羿卿妹子羨我有母有兄相依爲命
豈知又變了如許情景想他瀟湘孤另更多淒
感了
高山流水他是個蘂宮謫下小飛仙軟紅中一縷

情牽生長綺羅叢拈花詠絮芳年霎時的雨惡風顛須承領孤露淒涼的況味沒靠的嬋娟雖則是傍渭陽親戚也一樣垂憐到底是雛凰無依借枝宿又那得事事求全況兼他蕙質與蘭心觸處幽恨縈連訴衷腸每托冰絃鎮日的慘綠嘶紅鎖黛雨淚嫣綿 咳 妹子呵休羨我有家門也到而今較似你更愁纏

貼扮香菱上 原來姑娘還在此寫詩麼 旦 我悲

怨塡胸、做了四首、明早一并寄與林姑娘去、貼

姑娘、我想人生、都是樂少歡多、就是我香菱這

輕塵弱草呵、

水紅花 小年間拋撇了椿萱、趁狂風絮飄萍轉、且喜得近蘭幃玉女、許隨肩、又何曾秋風團扇、只指望抱衾裯安心命、蹇那知斗起禍無邊、猛地月虧圓也囉

旦 你看古今來典籍之中、嬌娃弱女、大半含愁

抱恨豈獨林姑娘和你我三人呢令人想起可不傷感也

【雪獅子】花成夢玉如煙一般的恨種情田靈光慧性相迤逗塵寰現塵寰現擔承了箇愁千片眞無那且留連奈何人也天奈何人也天豈獨我三人豈獨三人時乖命薄遇著百般熬鍊

貼　夜色已深請姑娘安臥罷

【尾聲】旦　封書疊做同功繭　貼　想休姑娘見了呵也

定有十斛鮫珠落彩箋（旦）待他時、細辨那淚痕兒誰深誰較淺

寄情

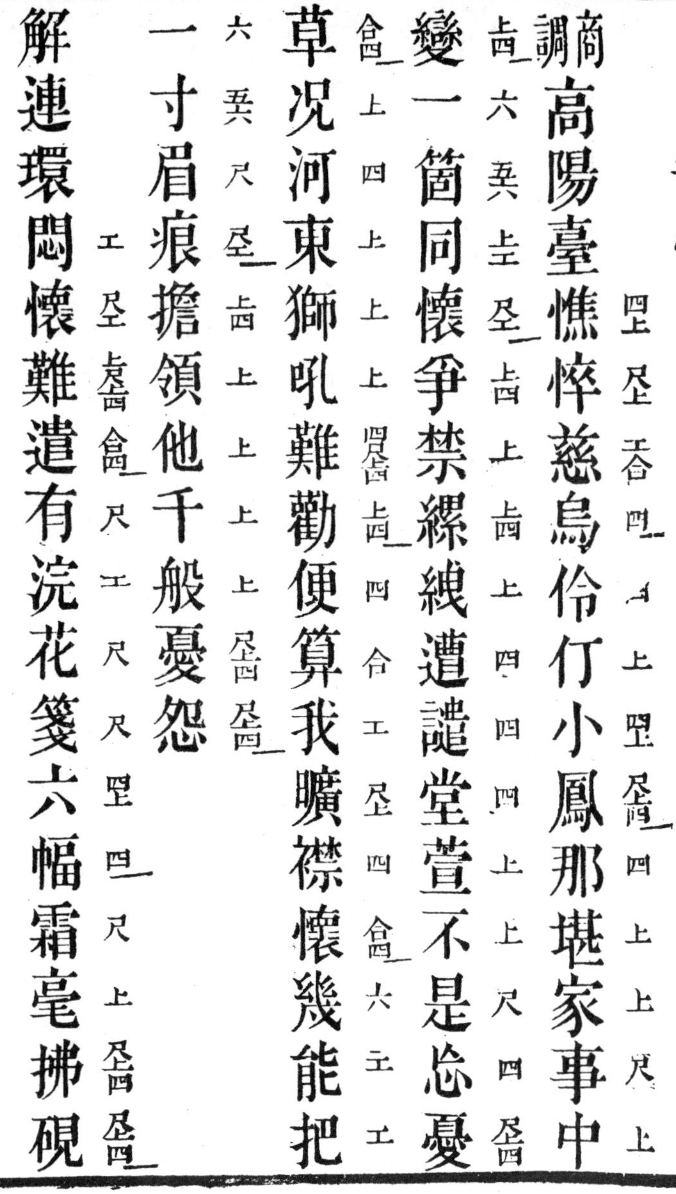

商調 高陽臺憔悴慈烏伶仃小鳳那堪家事中

變一箇同懷爭禁縲絏遭譴堂萱不是忩憂

草況河東獅吼難勸便算我曠襟懷幾能把

一寸眉痕擔領他千般憂怨

解連環悶懷難遣有浣花箋六幅霜毫拂硯

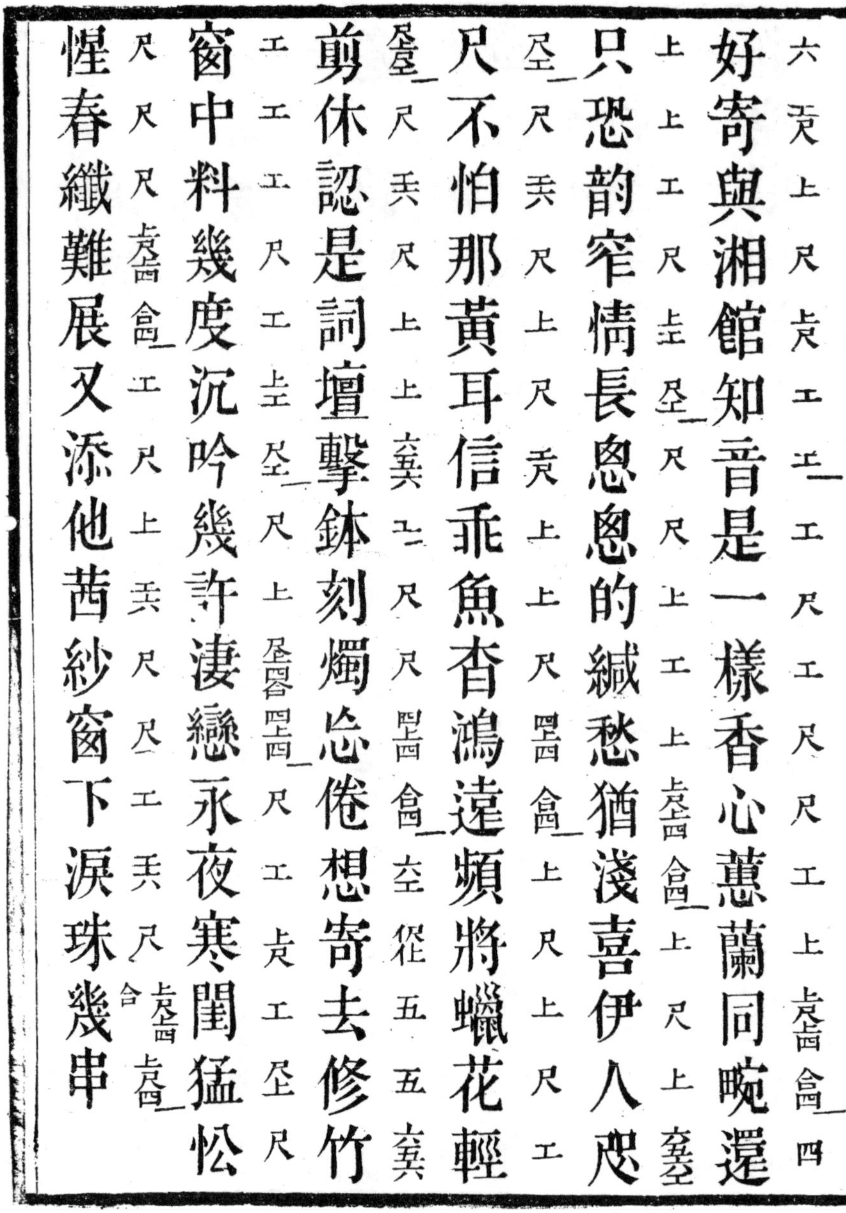

六 五六 上 尺 上尺 工 工上 工 尺 工 尺 尺 工 上 上四合 合四 四

好寄與湘館知音是一樣香心蕙蘭同畹還

上 上 工 尺 上工 四合 尺 尺 上 工 上 上四合 合四 上 尺 上 六五

只恐韵窄情長恩恩的緘愁猶淺喜伊人咫

四合 尺 五六 尺 上 尺 六五 上 上 尺 四合 合四 上 尺 上 尺 工

尺不怕那黃耳信乖魚杳鴻遠頻將蠟花輕

五六 尺 五六 尺 上 上 六五 工上 尺 尺 四合 合四 合四 四合 五 五 六五

剪休認是詞壇擊鉢刻燭忩倦想寄去修竹

工 工 工 尺 工 上工 四合 尺 上 合四四合 尺 工 上尺 工 四合 尺

窗中料幾度沉吟幾許淒戀永夜寒閨猛忪

尺 尺 尺 上四合 合四 工 尺 上 五六 尺 尺 工 五六 尺 合 上四合 上四合

惺春纖難展又添他茜紗窗下淚珠幾串

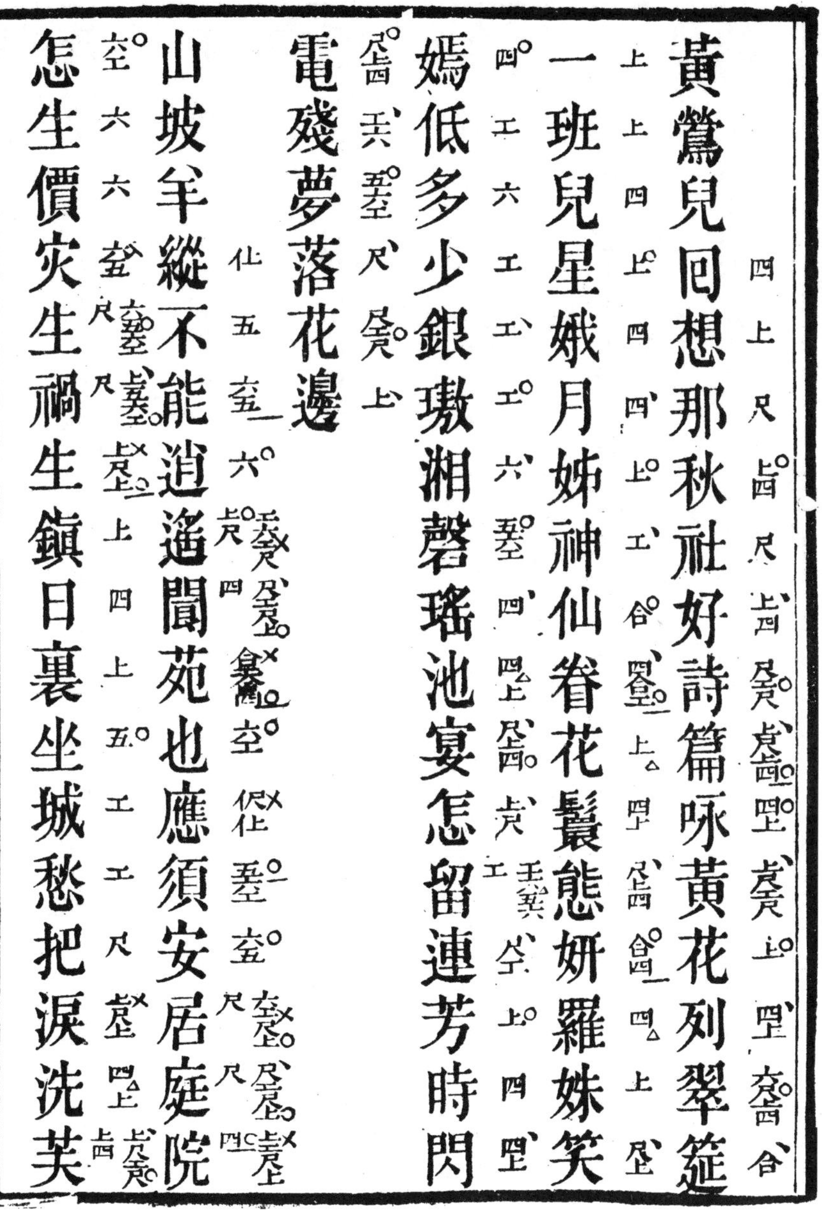

黃鶯兒回想那秋社好詩篇咏黃花列翠筵
一班兒星娥月姊神仙眷花鬢態妍羅姝笑
嫣低多少銀璈湘磬瑤池宴怎留連芳時閃
電殘夢落花邊
山坡羊縱不能逍遥閬苑也應須安居庭院
怎生價灾生禍生鎮日裏坐城愁把淚洗芙

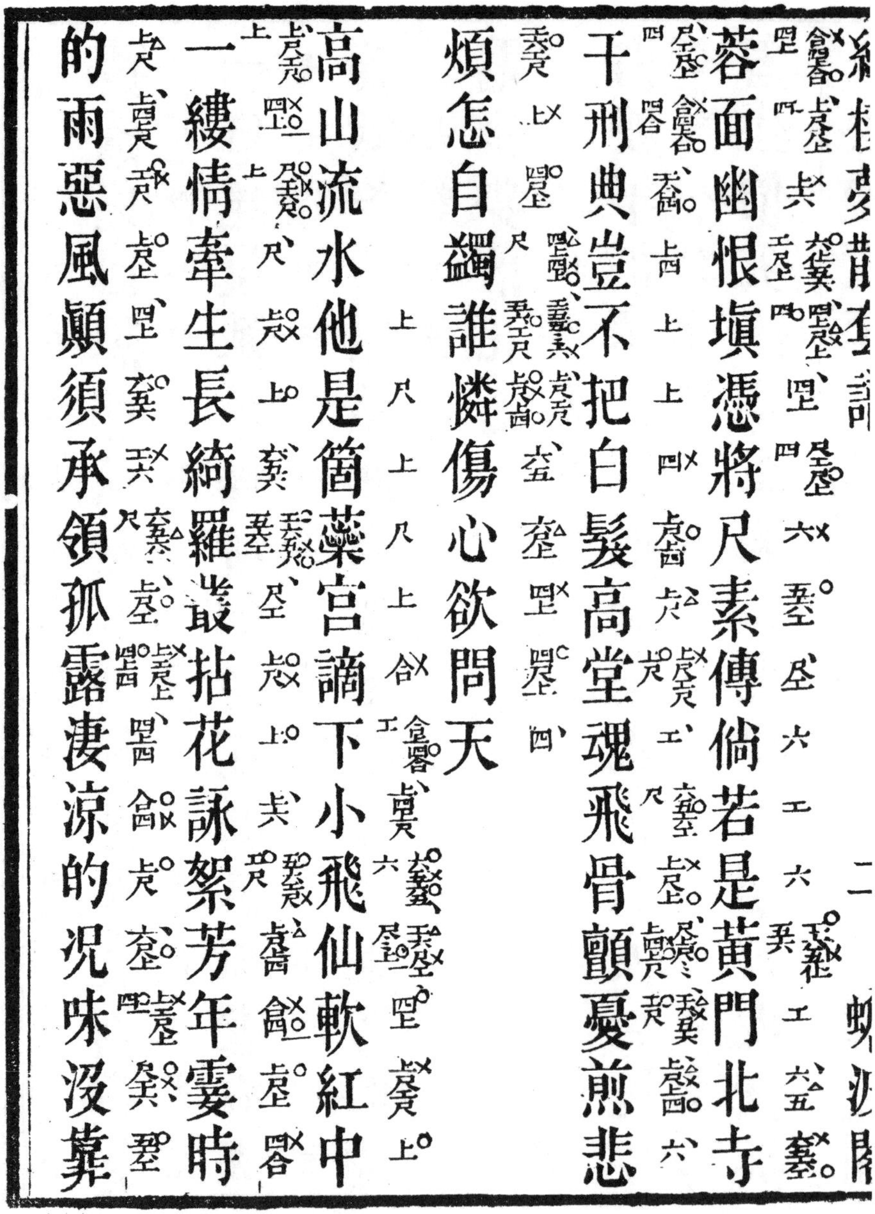

蓉面幽恨填憑將尺素傳倘若是黃門北寺

干刑典豈不把白髮高堂魂飛骨顫憂煎悲

煩怎自禍誰憐傷心欲問天

高山流水他是箇蕋宮謫下小飛仙軟紅中

一縷情牽生長綺羅叢拈花詠絮芳年霎時

的雨惡風顛須承領孤露淒涼的況味沒葬

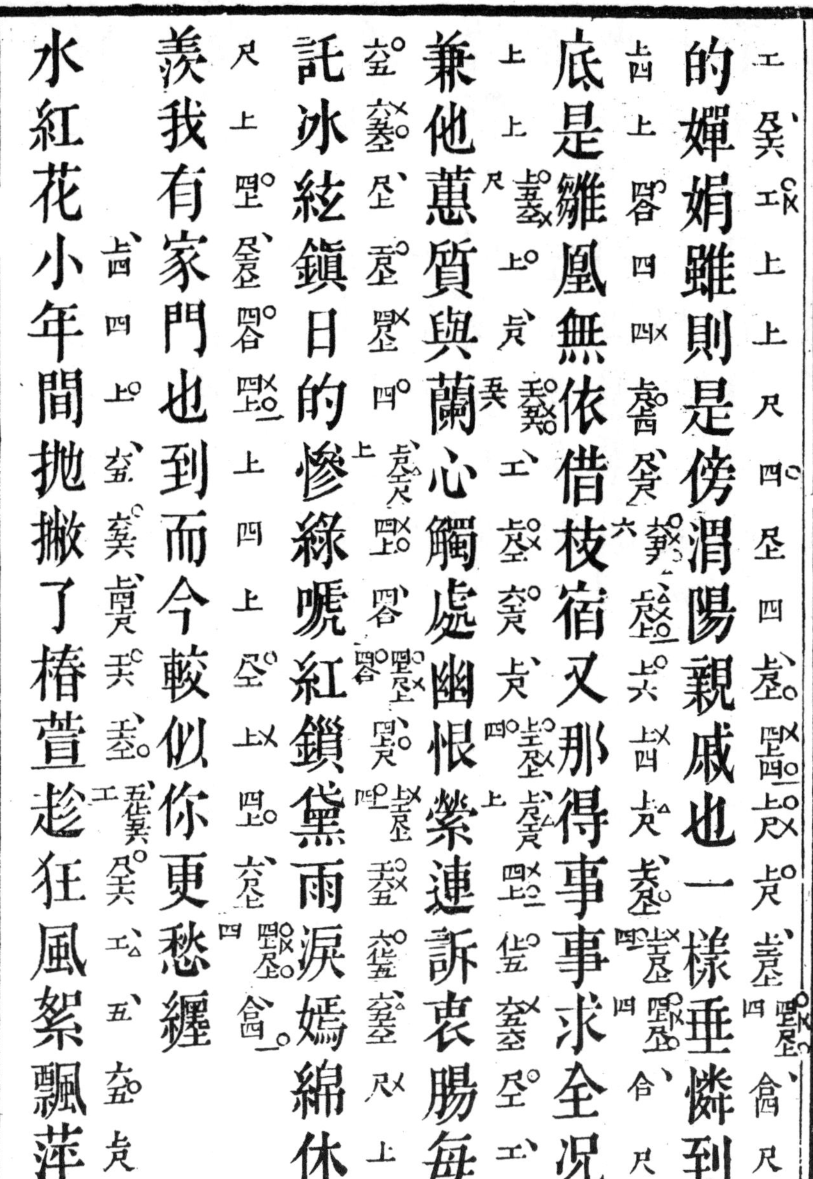

的嬋娟雖則是傍渭陽親戚也一樣垂憐到

底是雛凰無依借枝宿又那得事事求全況

兼他蕙質與蘭心觸處幽恨縈連訴衷腸每

託冰紈鎮日的慘綠唬紅鎖黛雨淚嫣綿休

羨我有家門也到而今較似你更愁纏

水紅花小年間抛撇了椿萱趁狂風絮飄萍

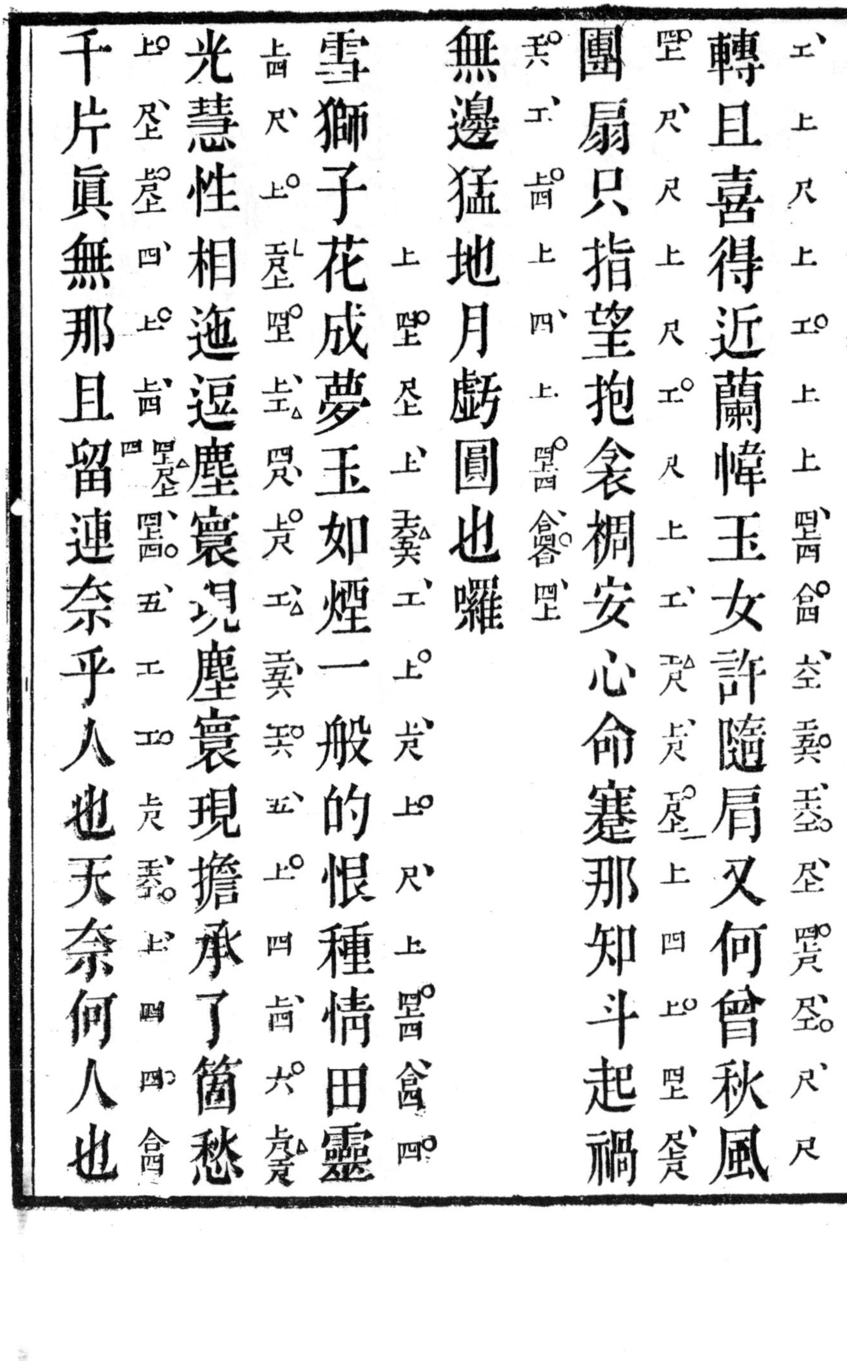

轉且喜得近蘭幃玉女許隨肩又何曾秋風

團扇只指望抱衾裯安心命蹇那知斗起禍

無邊猛地月虧圓也囉

雪獅子花成夢玉如煙一般的恨種情田靈

光慧性相邐逗塵寰現塵寰現擔承了箇愁

千片眞無那且留連奈乎人也天奈何人也

天豈獨我三人豈獨三人時乖命薄遇著了百般熬鍊

尾聲封書疊做同功繭也定有十斛鮫珠落彩箋細辨那淚痕兒誰深誰較淺

紅樓夢散套圖 走魔

詹波刻

紅樓夢散套第十一

荆石山民塡詞

走魔 小旦道裝上

羽調 憶餘杭 寶絡華鬟清淨莊嚴靈鷲院配的我雲裾月袂影徧氍毹稽首向青蓮竹罏茶板閑消遣有甚綠窗紅怨只待的雨花亂點悟三詮珠海駕滄煙

集句 案上香煙鋪貝葉佛前鐙焰透蓮花 劉禹錫

名題小篆矜垂露。詩作吳吟對綺霞。（徐鉉）我妙玉是也、髫年慕道。綺歲栖禪。鳳臺弄玉。不吹緱嶺之笙。鶴館飛瓊。待擊湘陰之磬。冰心寂寂。自稱檻外畸人。花骨珊珊。人道雲中彩伴。憶到蟠香古寺。不無鄉思縈紆。移來櫳翠新菴。且喜善緣相契。今早惜姑娘使人相請、就此前去、作行介

雜旦扮惜春帶彩屏上 且停花下丹青筆。好整松間黑白枰。 呀妙公來了、見介 小旦不知惜姑

娘何事相拈、雜旦笑介午窗無事邀你手談一回、小旦使得、彩屏佈碁盤下雜旦與小旦對坐弈碁介雜旦

【馬兒三囑歌】【馬鞍兒】踈簾風細茶香軟。苔階靜。鳥不喧。好向側楸方罫把心兵戰。休笑道木野狐何須深究。可知蓬閬仙眞總貪戀。要參他新羅機變。雁行馬目休迷眩。小旦這弈道呵、【三囑付】通神守默也似金丹冶鍊。【排歌】戲事裏道可見。輸、贏、我、亦、但、隨緣

生上　好幾日不見惜妹妹了、且和他閑話去、雜旦作下子聲介小旦你在這裏下了一个子兒、那邊不去應麼、生原來在那裏下碁、這聲音也熟得狠、作聽介雜旦緩著一著、總連得上的、小旦我要這麼一吃呢、雜旦對局筭計生窺探介呀、原來是檻外人在此、不可驚動、作躲在小旦背後介雜旦嗄、還有一著反撲在裏頭、我倒沒有防備、各下子介小旦爭勝局。終難免。這風景

呵、只少个爛柯的王質在傍邊
生笑出外介我在此也等的久了、兩旦驚起介
雜旦你進來怎不言語、使這狹促來諕我們、生
與小旦見禮介妙公輕易不出禪關、何緣下凡
一走、小旦紅暈介兩旦仍向局各坐介生倒底
出家人比不得我們在家的俗人、第一件是靜
則靈、靈則慧、小旦擡眼看生又低介你從何處
來、生呆介小旦冷笑雜旦二哥哥你何不說來

處來嗎、也值的把臉都漲紅了、似見了生人似的、小旦低首半晌介我來的久、告辭回菴了、與雜旦作別下笑介久已不來、回去的路頭、都要迷住了、生這到得我來指引、小旦不敢二爺請、內合琴聲生作聽介呀是什麼响、

四季花也不是曲澗水潺湲。又不是風敲的琅玕動。想必是林妹妹、湘館奏桐絃。小旦原來他也會這个的、作聽介生清綿。金徽玉軫把雅韻宣心、

上情思指下傳。小旦 是第二疊了、何憂思之深也、他茜窗中獨黯然一星星似秋宵旅雁一聲聲似春宵杜鵑瓊思瑤想向心坎鐫逗的我顧影也生憐這又是一拍、如何忽作變徵之聲、音韻可裂金石矣、只是太過、生 太過便怎麽樣、小旦 踟躕介他只待孤鸞訴怨把徵音斗變可怕的峯青江上人難見

內作斷絃聲小旦驚介生 怎麽樣、小旦 日後自

知、我回菴去了、生恕不再送、小旦豈敢、生下小旦作行介淨扮道婆上作望介遠遠的似菴主回來了、小旦在四姑娘處多坐一回、不覺向晚了、你且掩上門兒、佛前點起香鐙、待我課誦、淨作掩門點鐙訖下

【金鳳釵集】金鳳釵上香介開金鼎。爇檀煙。禮佛介瞻仰這慈悲黃面。勝如花裊婷婷。低折腰肢。繙經介玉纖纖。輕繙寶卷。醉扶歸要修持的法性圓明顯。摩尼

珠向蜂臺現。內作鐘聲介〔梧葉兒〕旛影颭風前催的霜鐘響透雲邊。旦作坐禪內緩擊鐘鼓介〔水紅花〕我且安禪牀敷孤展。呀爲甚麽霎地的柔絲一縷婉轉遶心田。〔浣紗溪〕莫不是方纔機鋒挑逗多留戀累的神思向物外牽。咳瀟湘絃斷、大非吉兆、我微露片言、寶玉好生著急、煞是多情種子、〔望吾鄉〕倘若是人琴散眞乖舛〔大勝樂〕朱顏黃土他難免可撇的公子生生失比肩　啐　我出家人趨向眞如、怎生顧起他們這些事來、【天下樂】這便是色即成空處、我觀相要全蠲。重又坐下內作響介是甚麼响、敢是有賊了、【解三醒】猛教我魂驚顫。起立介好一庭明月也、作凭闌介【八聲甘州】看彩華淡蕩、麗月團圓。【排歌】銀河畔、女牛仙。盈盈相盼、鵲橋塡。內作雁聲介【桂枝香】寒笳驚起、雙棲雁。嘹唳尋呼去復旋。這月色呵【一封書】照的他碧沼鴛鴦交頸淺、照的他綠樹頻迦並翼眠。內作猫叫介【皂羅袍】聽狸奴相喚、可也纏綿締聯笑物猶如此把風情愛憐〔黃鶯兒〕早難道瑤姬定許檀郎見就多少好因緣〔月兒高〕似攜帶交襲墨會靈簫眷〔掉角兒序〕小雲翹兕桃繾綣瘦蘭香隨鐘譜婉一般兒配葉尋花耐不住凄寥瓊院不比我影單單身悄悄意孜孜情脈脈含愁凝怨〔三疊排歌〕猛憶着怡紅語好留連。（低介）只覺的春生腮斗縱心猿

〔東甌令〕（呆坐介）懶向豆房眠。

（小生外扮王孫公子丑淨扮媒婆上）（外）妙姑我

特來娶你回去、小生還是我與他有緣、丑淨諢介請新人快些上轎罷、小旦

【二集排歌】（排歌）我麻姑不嫁。休多繳纏。（下山虎）你莫把巧舌來相謅。衆作扯拽介累我羞顏靦覥。怎要想硬管鸞綠。欺人懦愞。衆下雜扮盜賊上妙姑看刀、快從順了咱們罷、旦呀、急走衆追介旦謊的骨戰心驚步不前。哭介【園林杵歌】哀哀的悲籲天。倒地介賊衆下淨扮道婆雜旦扮小尼急上菴主爲何

嗁哭起來、快去看他、呀怎生是這一个樣兒了、叫喚介小旦我是有菩薩保佑的、你們強徒敢要怎樣淨這是那里說起、小旦覷淨貼介你們是甚麼好人、**肯相送我仍歸大觀園。**貼這裏就是你住的所在、小旦向貼介你是我的媽呀早**些來救你孩兒到佛前。**

貼扶下淨弔場可笑可笑、鬧出一場怪病來了、怎麼好、咳小小年紀、就出了家、像我老人家尚

且耐不得這暮鼓晨鐘、淒涼況味、何況是他這般綺才花貌呢、啐一定相思病了、且看他們這班沒用的醫生瞎猜去、下

走魔

羽調【憶餘杭】寶絡華鬘淸靜莊嚴靈鷲院配的
六工 五六工 尺 工尺 上 尺 上 上 四上 五六四 尺四 尺 上

我雲梠月柍影褊襬稽首向靑蓮竹鑪茶板
尺 上 尺 上尺 工 四上尺 工 工 上 上尺 五六 工 工尺 尺 上 上 尺

閑消遣有甚緣窗紅怨只待的雨花亂點悟
上 尺四 合四 工尺 工 上 尺 上尺四 上四 上 尺 上 工尺 尺 尺上 四 五六

三詮珠海鴽滄煙
工 工 尺 上尺 工 尺四 上四

五六 五六 上尺四 合四 四 上

馬兒三囑歌 馬鞁兒首至七 疎簾風細茶香軟苔階

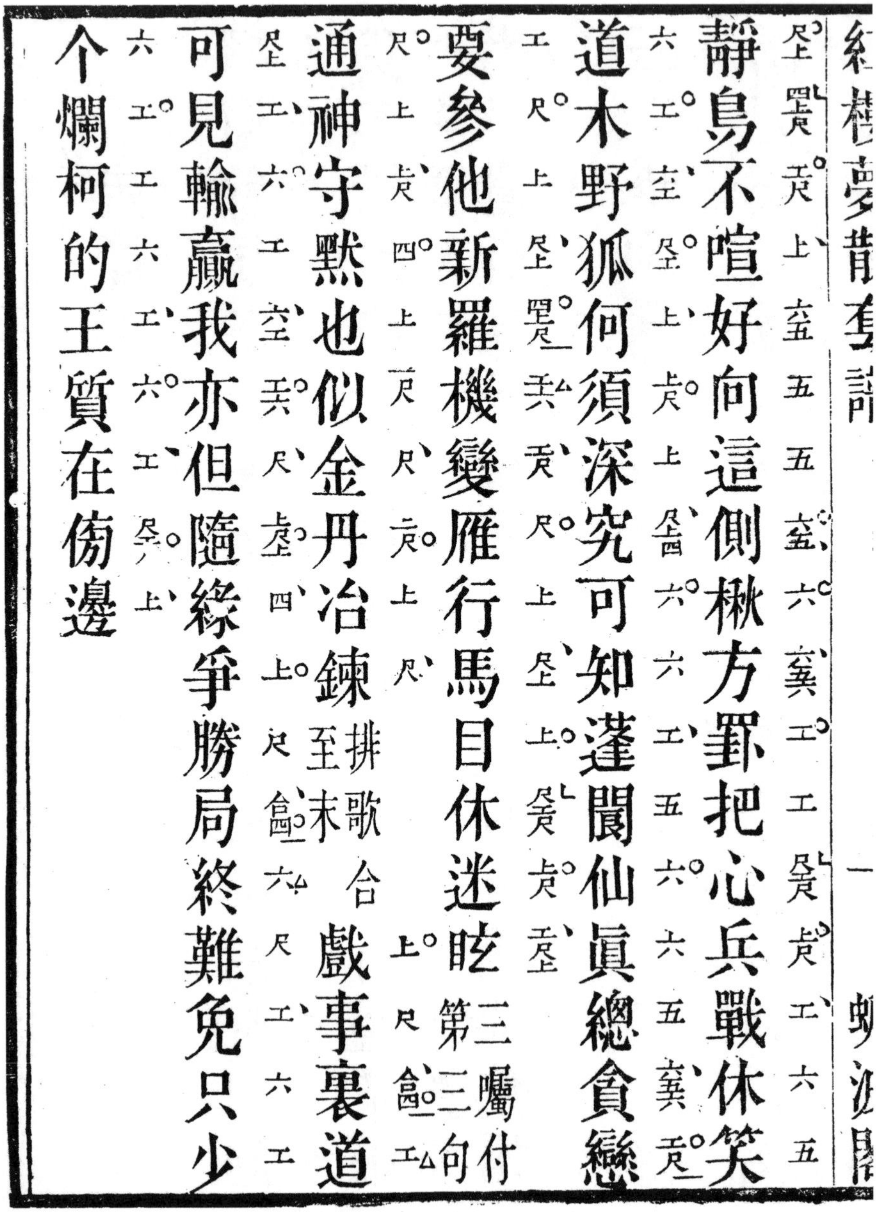

尺上 四尺 工尺 上 工五 五 五 工五 六 工六 工 工 尺上 上尺 工 六 五

靜鳥不喧好向這側楸方罫把心兵戰休笑

六 工 工上 尺上 上 上尺 上 尺四 六 六 工 五 六 六 五 工六 工尺

道木野狐何須深究可知蓬閬仙眞總貪戀

工 尺 上 尺上 四尺 工六 工尺 尺 上 尺上 上 上尺 上尺 工尺

要參他新羅機變雁行馬目休迷眩 三囑付第三句

尺 上 上尺 四 上 工尺 尺 六尺 上 尺 上 尺 合四 工

通神守默也似金丹冶鍊 排歌合至末 戲事裏道

尺上 工 六 工 工上 工六 尺 上尺 四 上 尺 合四 六 尺 工 六 工

可見輸贏我亦但隨緣爭勝局終難免只少

六 工 工 六 工 六 工 合尺 上

个爛柯的王質在傍邊

四季花也不是曲澗水潺湲又不是風敲的
琅玕動湘館奏桐絃清綿金徽玉軫把雅韻
宣心上情思指下傳他茜窗中獨黯然一星
星似秋宵旅雁一聲聲似春宵杜鵑瓊思瑤
想向心坎鐫逗的我顧影也生憐他只待孤
鸞訴怨把徵音斗變可怕的峯青江上人難

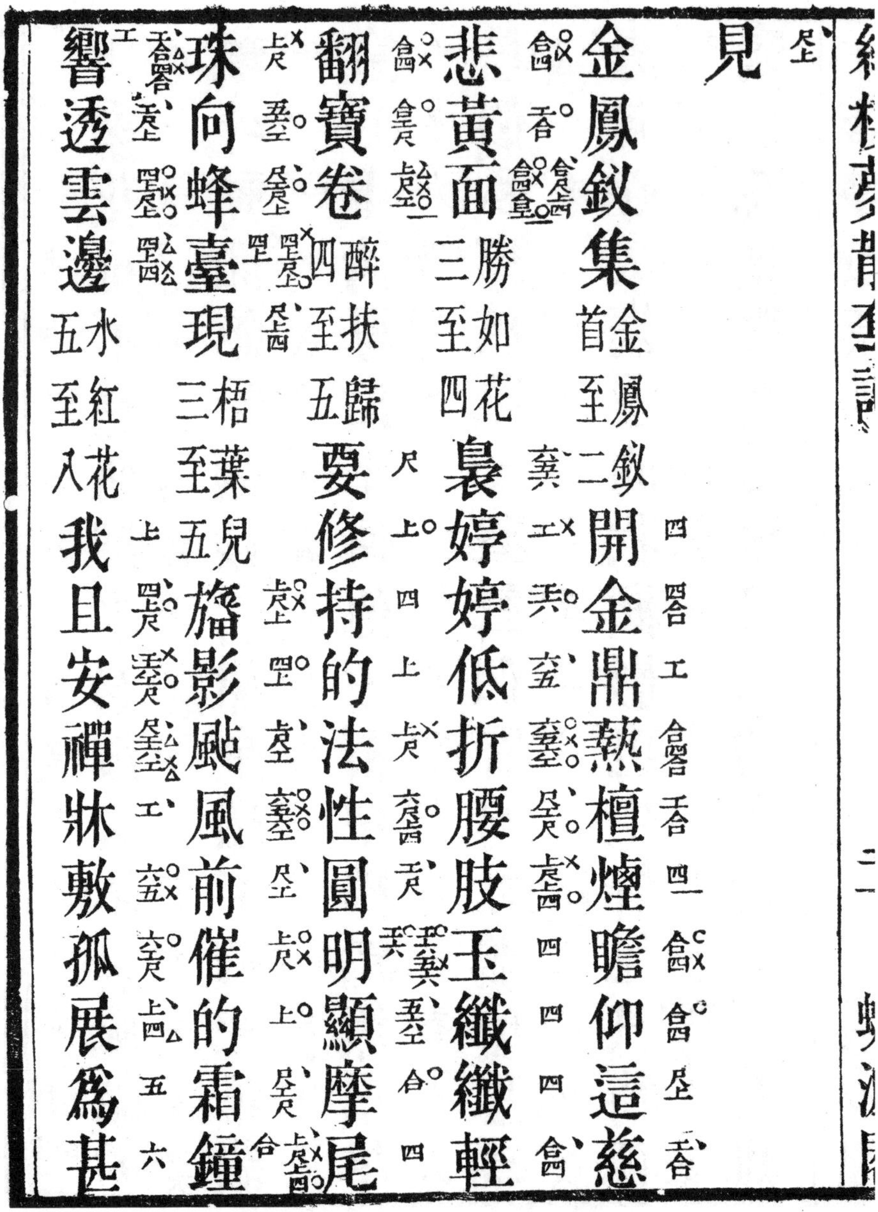

見

金鳳釵集　金鳳釵首至二　開金鼎爇檀煙瞻仰這慈

悲黃面　勝如花三至四　裊婷婷低折腰肢玉纖纖輕

翻寶卷　醉扶歸四至五　耍修持的法性圓明顯麈尾

珠向蜂臺現　梧葉兒三至五　旛影颭風前催的霜鐘

響透雲邊　水紅花五至八　我且安禪牀敷孤展爲甚

麼霎地的柔絲一縷婉轉遶心田 浣沙溪五至六 方

纔機鋒挑逗多留戀累的神思向物外牽 望吾鄉六至七

倘若是人琴散眞乖舛 大勝樂五至六 朱顏黃

土他難免可撇的公子生生失比肩 天下樂六至七

這便是色卽成空處我觀相要全蠲 解三醒合一句

猛教我魂驚顫 入聲甘州第二句 看彩華淡蕩麗月

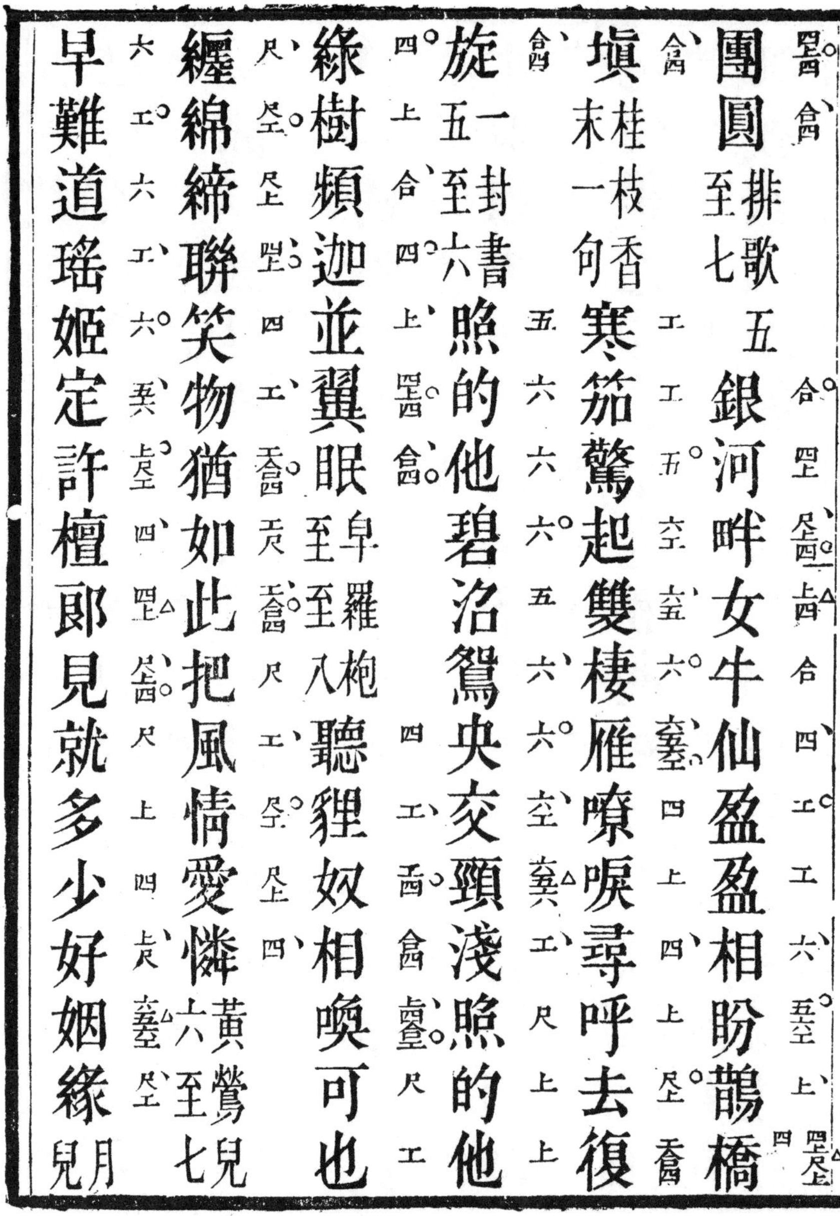

四合 合四 合 四上 尺上四 上四 合 四 工 工 六 五六 上 四上尺

團圓 排歌五 至七 五 銀河畔女牛仙盈盈相盼鵲橋

合四 工 工 五 六五 五六 六 六五 四 上 四 上 尺上 六五四

塡 桂枝香 末一句 寒笳驚起雙棲雁嘹唳尋呼去復

合四 五 六 六 六 五 六 六 六五 六五工 工 尺 上 上

旋 一封書 五至六 照的他碧沼鴛央交頸淺照的他

四 上 合 四 上 四上四 合四 四 工 五四 合四 上合四 尺 工

綠樹頻迦並翼眼 皁羅袍 至至八 聽貍奴相喚可也

尺 尺上 尺上 四上 四 工 五六合四 五尺 五合四 尺 工 五六 尺上 四

纏綿締聯笑物猶如此把風情愛憐 黃鶯兒 六至七

六 工 六 工 六 五六 上尺五 四 四上 尺上四 尺 上 四 上尺 五六五 尺上

早難道瑤姬定許檀郎見就多少好姻緣 月兒

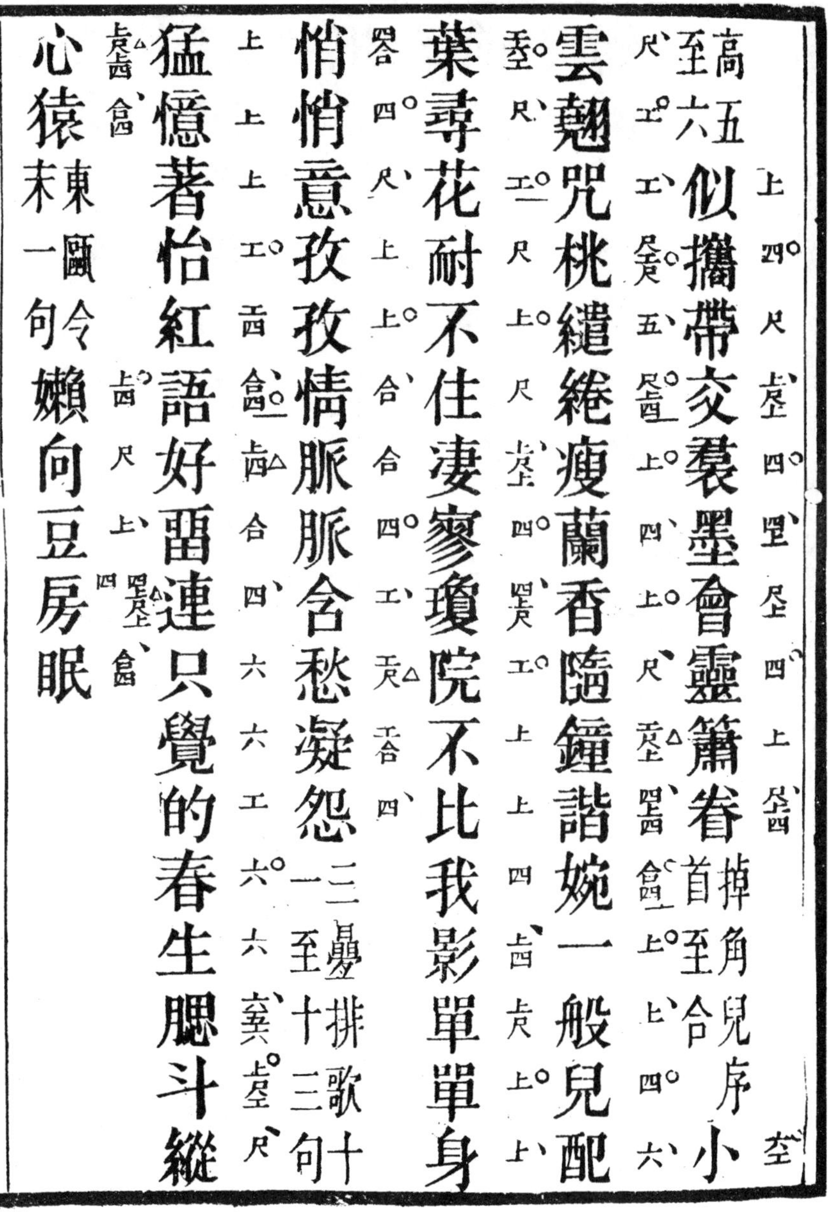

高五至六似攙帶交褏墨會靈簫眷掉角兒序首至合小
雲翹兕桃繾綣瘦蘭香隨鐘諧婉一般兒配
葉尋花耐不住凄寥瓊院不比我影單單身
悄悄意孜孜情脈脈含愁凝怨三疊排歌十一至十三句
猛憶著怡紅語好留連只覺的春生腮斗縱
心猿東甌令末一句嬾向豆房眠

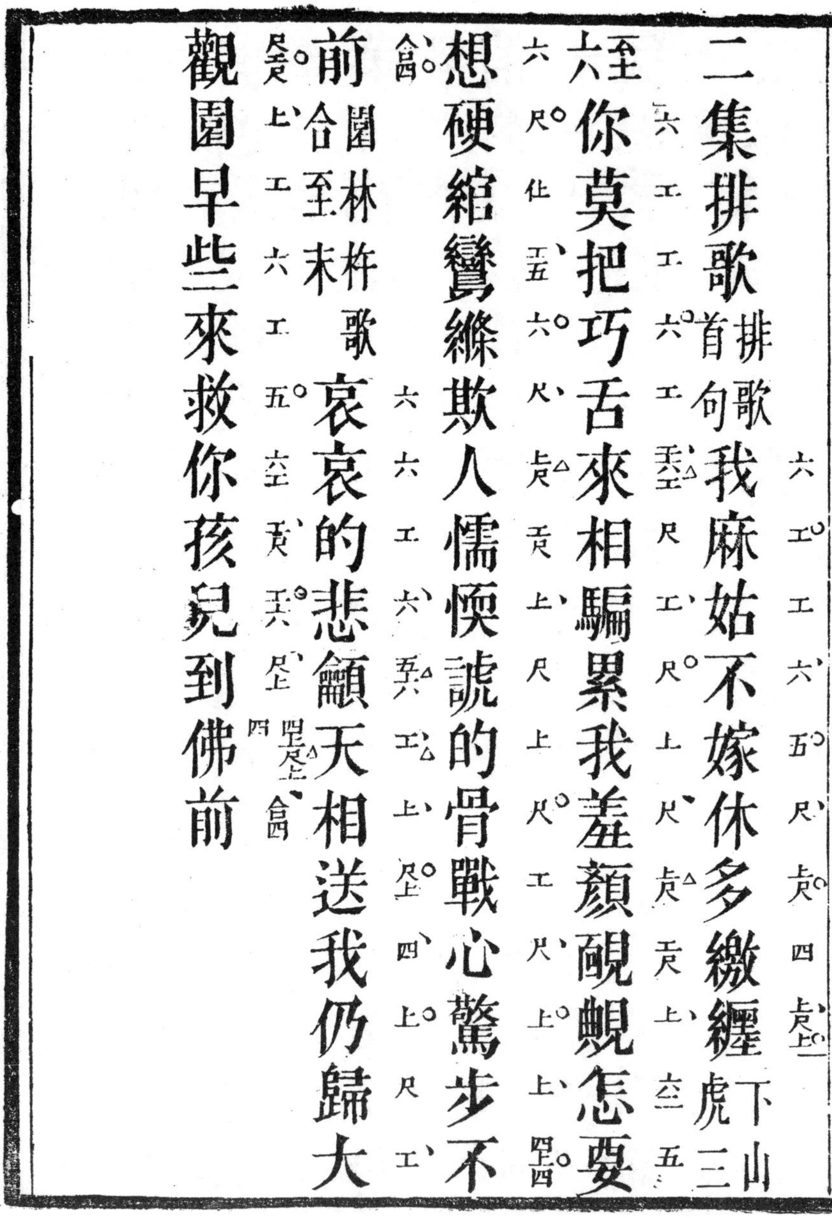

二集排歌（排歌首句）我麻姑不嫁休多繳纏　下山虎三

六工工六五尺尺四尺上

六工工六工五尺工尺上尺尺五尺上尺上五

至六你莫把巧舌來相騙累我羞顏靦覥怎要

六尺仩五六尺尺五上尺上尺工尺上上四四

想硬綰鸞絲欺人懦懊謊的骨戰心驚步不

合四　六六工六五工上尺四上尺工

前（園林杵歌合至末）哀哀的悲籲天相送我仍歸大

尺上工六工五六五六尺四四合四

觀園早些來救你孩兒到佛前

紅樓夢散套圖譚訂

[illegible]

紅樓夢散套第十二

荆石山民塡詞

禪訂　生上

北小石調【青杏兒】錦幄失名姝。猛見了雀裘線跡好欷歔。斗肽間霑散春紅去。愁心似水。歡情若夢。終日縈紆。

小生昨日在學中、穿著了晴雯姐姐補的那件雀裘、教我好不自在、今早設下茗香、焚詞奠泪心中十分煩惱、且到林妹妹那邊、和他談講一回則个來此已是瀟湘館了、林妹妹在家麽、雜旦扮紫鵑上 寶二爺、姑娘在裏頭寫經呢、生 不可驚動、作看對介 綠窗明月在。青史古人空。笑介 是新寫的、看畫介 鬥寒圖、仰首作想介 旦上 寶哥哥簡慢了、生 妹妹還是這等客氣、各坐介 旦 請問妹妹這鬥寒圖、是什麽出處、旦笑介 豈不聞青女素娥俱耐冷、月中霜裏鬥嬋娟麽、

南小石調【流拍】他耐冷淡月路霜衢趁著這霧捲雲驅丹霄裏響佩裾更顯得花爲骨玉作軀我當个煙蘿子掛堂隅算有个素心人爲伴侶

生 妹妹這兩天可曾彈琴、旦 寫經尚覺手冷、没有彈得、生 不彈也罷了、琴雖清高之品妹妹身體單弱、只恐倒彈出憂思怨亂來、旦 微笑介生

【一機錦】休笑我言太迂眞个是枯桐助感吁不比紫玉紅牙可自娛理冰絃法最拘託幽音心怎舒

空落得雁冷瀟湘玉指生寒也寄閑情似不須

妹妹這幾天做下多少詩了、旦 社散之後總未做了、生 你別瞞我前日聽見琴中什麼素心天上月、聲音分外响亮、怎說沒有、旦 笑介 你倒聽的眞、生 後來變了仄韻、是怎生的、旦 這是人心自然之音、做到那里、就是那里的、我那日呵、

玉劄子蘅蕪君半幅魚書訴不盡怨詞愁語道惡滋味與我無殊累的我終夜好踟蹰耍的他鍾期

善聽向秋窗譜出傷心律呂

生 說起寶姐姐來、我方纔看見妗媽、狠不像先時親熱、問起寶姐姐、他並不荅言、難道怪我不去瞧他麼、想來寶姐姐是最體諒我的、旦 若論寶姐姐、他更不體諒、他向在園中賞花做詩、何等熱鬧、如今他病了、你像沒事人一般、怎生不惱、生 難道他就不和我好了、生 悶介旦 妗媽遭了官事、心緒不寧、你如何疑到寶姐姐身上去、

可是你自己胡思亂想、鑽入魔道去了、生笑介

【青玉案】愧癡人多臆度。胡猜慮無端的添下了姿想也麼哥。羨煞你居士青娥。笑揮談麈。靈鐙慧劍。開我迷雲。怪不的禪通智惠珠。

妹妹、你的性靈、比我勝遠了、怨不得你前年說的禪語、我對不上來、我雖丈六金身、還藉你一莖所化、旦嗄、卽此便有參証的、

【柳梢青】誰道金粟光中。語言無著處。只待的透靈

機朗月高懸。孤雲無住。這纔得利根內具。身不是黃花翠竹。也罷、且將猊座獅絃。問你識浪心波。可又惹著妖雲悖雨。

我便問你一句話兒、生趺坐合掌笑介講來、旦寶姐姐和你好、你怎麼樣、寶姐姐不和你好、你怎麼樣、他今兒和你好、後來不和你好、前兒和你好、今兒不和你好、總怎麼樣、你和他好、他不和你好、你不和他好、他偏要和你好、又怎麼樣、

生笑介

【伊州遍】任憑他弱水三千我只取一瓢自飲葛藤永斷無寸縷（旦）瓢之漂水奈何（生）那是瓢漂水好比風旛不動水自流瓢自漂去（旦）水止珠沉奈何（生）我禪心已作粘泥粉絮無念無營不管鷓鴣嗁向春風處這便是法門不二有眞趣（旦）禪門第一戒是不打誑語的（生）有如三寶怎好把輕薄蓮花舌尖誑汝

雜旦上 令兒寶二爺講的好高興、生 同妹妹談了一回禪機、令我頓開茅塞、雜旦 別教姑娘只是講的勞神、旦 並不勞神、我也最喜談這个的、

【惜分飛】我湘館秋寒閑倚竚。愁到眉峯碧聚。只好繡閣檀煙炷。芬陀薝蔔消情緒。也抵做繡佛山樓淸淨女。耿耿心鐙慧炬。聽空裏頻伽語。則怕善緣可也應相許。

生 妹妹我明月再來看你、旦 也罷你也該回去

安息了、作別介旦同雜旦先下生

【尾聲】借機鋒訂下迦陵侶願向那歡喜園中穩共居莫枉了花雨瀰天一番印證語

禪訂

五 六五 六五 上 五 凡 工 六 五六 五 六

北小石調青杏兒錦幄失名姝猛見了雀裘線跡

六五 五 六五 上 工 工 五 六五 工 五 六五 六五 五 六 上六 六 工

好欲歔斗朕間雹散春紅去愁心似水歡情

五六 六五 五 六五 六五凡 工

若夢終日縈紆

六 五 六五 六 五六 五六 工尺 尺上 尺 上 上尺 上尺 上

南小石調流拍他耐冷淡月路霜衢趁著霧捲雲

尺 六 六 工 六 六五 工 五 六 工 六 工 六 工 五六 五 五

驅丹霄裏響佩裾戛顯得花爲骨玉作軀當

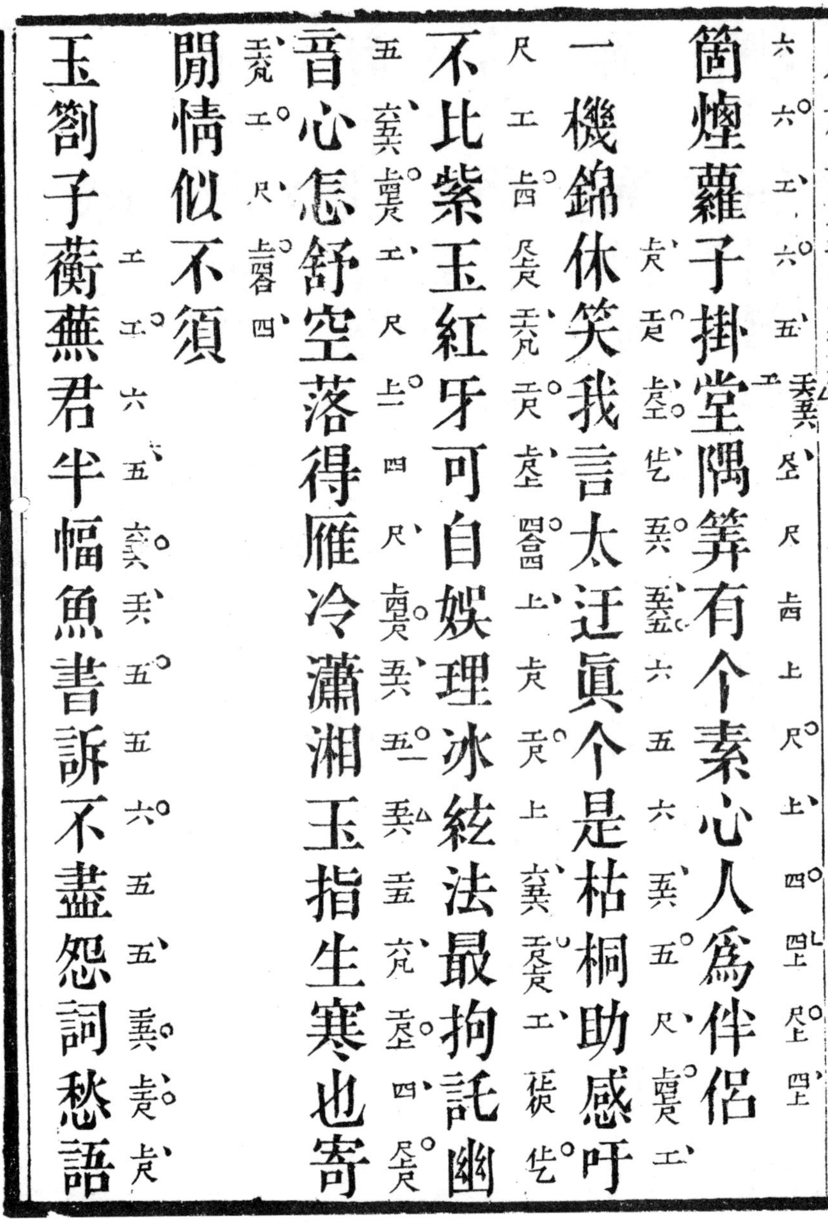

箇煙蘿子掛堂隅箅有个素心人爲伴侶
一機錦休笑我言太迂眞个是枯桐助感吁
不比紫玉紅牙可自娛理冰絃法最拘託幽
音心怎舒空落得雁冷瀟湘玉指生寒也寄
閒情似不須
玉劄子蘅蕪君半幅魚書訴不盡怨詞愁語

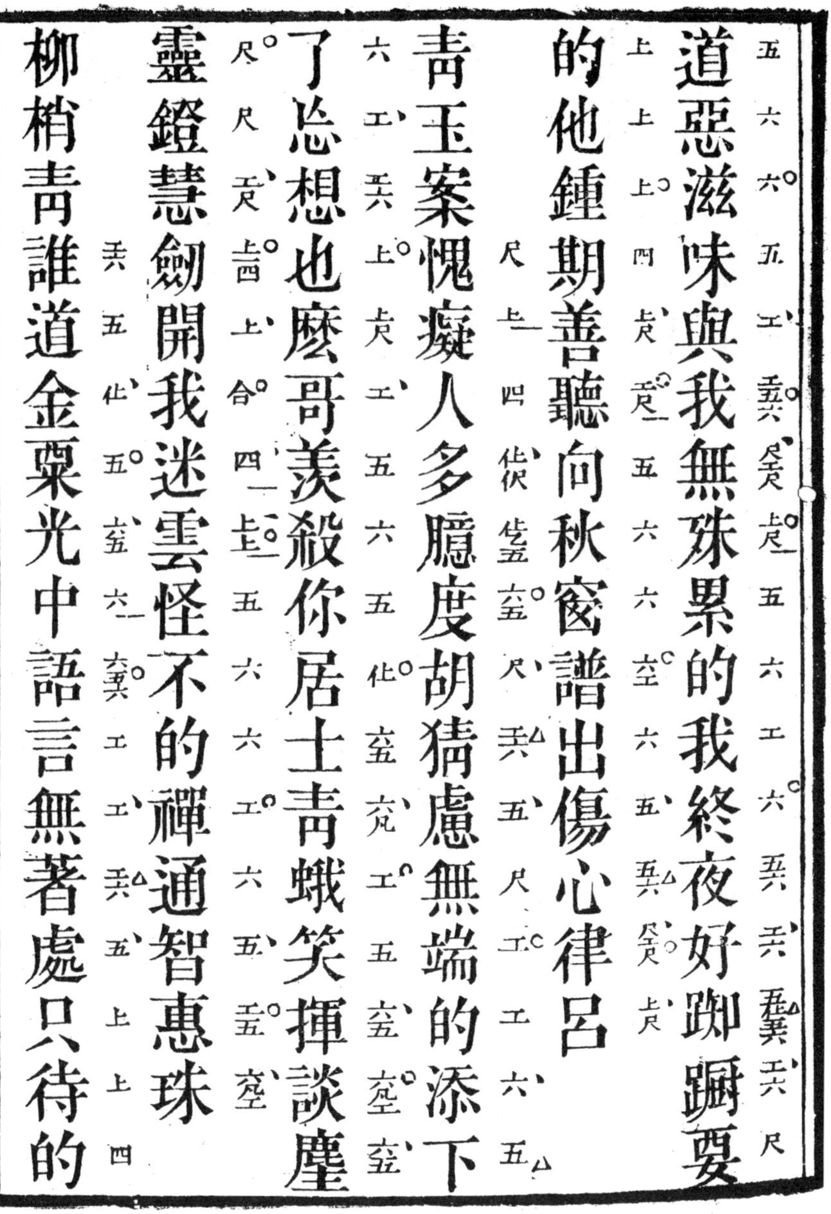

道惡滋味與我無殊累的我終夜好踟躕要

的他鍾期善聽向秋窗譜出傷心律呂

青玉案愧癡人多臆度胡猜慮無端的添下

了恁想也麼哥羨殺你居士青蛾笑揮談麈

靈鐙慧劒開我迷雲怪不的禪通智惠珠

柳梢青誰道金粟光中語言無著處只待的

透靈機朗月高懸孤雲無住這纔得利根內
具身不是黃花翠竹且將猊座獅絃問你識
浪心波可又惹著妖雲悖雨
伊州遍任憑他弱水三千我只取一瓢自飲
葛藤永斷無寸縷那是瓢漂水好比風旛不
動水自流瓢自漂去我禪心已作粘泥粉絮

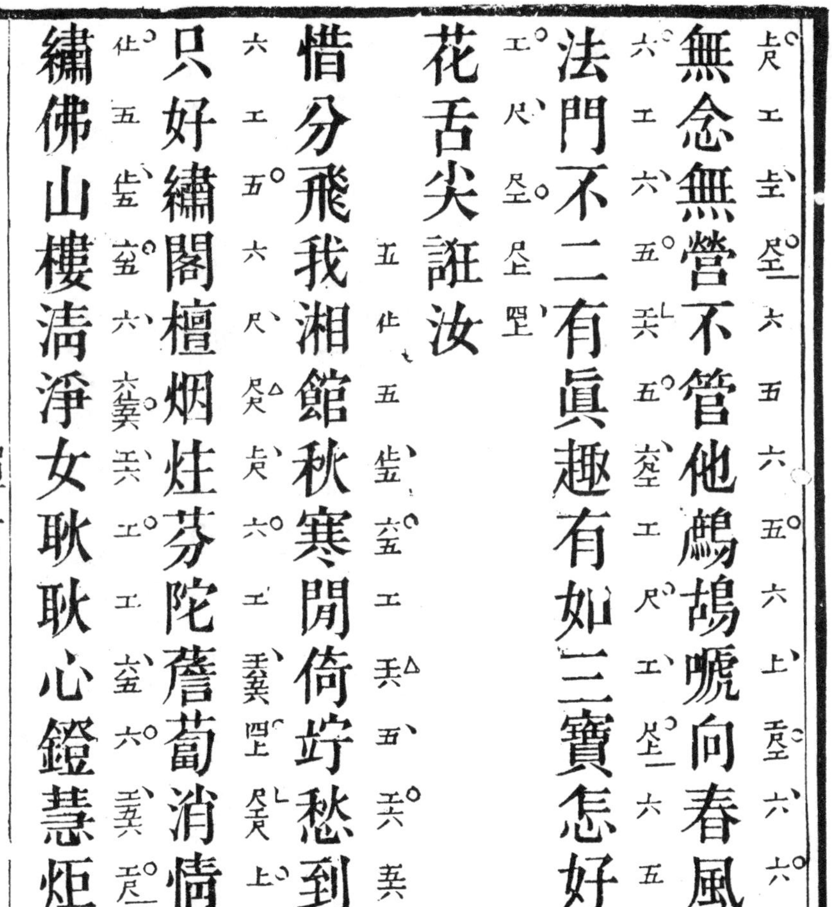

無念無營不管他鷓鴣嘑向春風處這便是法門不二有眞趣有如三寶怎好把輕薄蓮花舌尖誑汝

惜分飛我湘館秋寒閒倚竚愁到眉峯碧聚只好繡閣檀烟炷芬陀薝蔔消情緒也抵做繡佛山樓淸淨女耿耿心鐙慧炬聽空裏頻

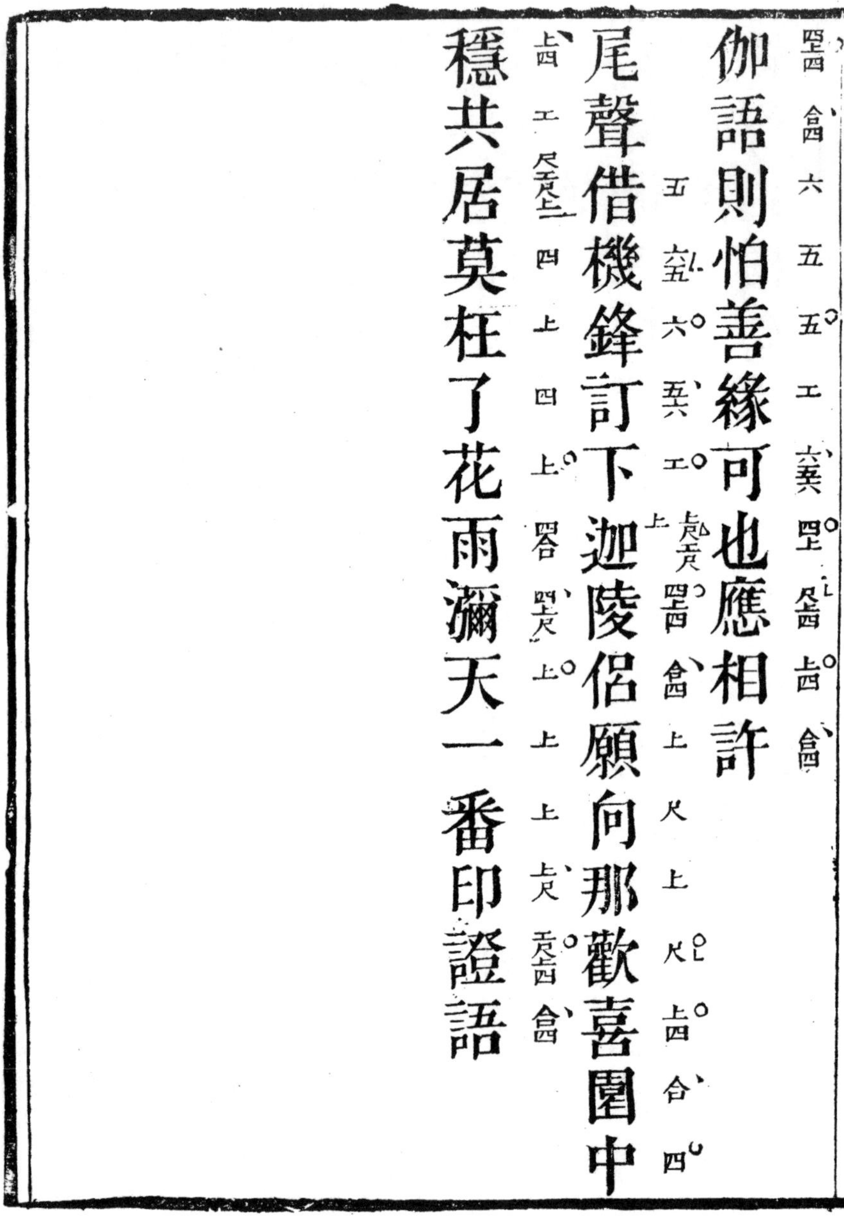

伽語則怕善緣可也應相許

尾聲借機鋒訂下迦陵侶願向那歡喜園中

穩共居莫枉了花雨瀰天一番印證語

紅樓夢散套圖 林炎稿

荆石山民塡詞

焚稿 雜旦上

【南呂集曲】【青瑣恨凝郎】【瑣窗寒】負心人愧比温嶠。可憐他恨勝長門困阿嬌。支離病榻。耐這愁宵。咳。姑娘往常病著、從老太太起到各位姑娘、無不殷勤探問、今日並無一人到此、【恨蕭郎】藥、煙、低、裊、簾、櫳、悄。孤。單。單。我。相。伴。也。我。更。凄。寥。【凝寃家】只怕他輕輕怯怯易香消。殘珠糯有誰依靠。想我那一年、向寶玉說了一句謊話、他就急的病了、今日竟公然做出這件事來、（賀新郎）覆雨翻雲無定准。似這般薄倖的兒郎少。撇不下。心頭惱。

場上設帷帳貼扮雪雁扶旦病容上雜旦姑娘此刻氣色覺得好些、請靜養數天、可望大好了、

旦我怎能彀就死呢、

紅雨濕香羅（紅衫兒）好。情。緣。斷。送。的。我。殘。生。巧。眞。成。

就如此收梢也休怪愛海多顛簸只痛的椿萱謝早〔香羅帶〕拜膝下喜非遙則盼的金雞剪夢魂便銷說甚麽到劫難超也難道是戀著瀟湘淚願拋

（雜旦）姑娘事情到了這个分兒了頭不得不說了姑娘的心事我們也都知道的至於意外之事是再沒有的寶玉這等大病怎麽做得親呢勸姑娘別聽浮言自己安心保重纔好（旦微笑介）

孤雁嘹秋月【孤飛雁】我向似螝蛾自吐絲纏繞累的箇亂愁盈抱到如今寸心兒月靜雲空了【秋夜月】還相勸身軀保重好何物是身軀要保重好

雪雁取我的詩本、作喘嗽介貼取詩本與旦旦將手帕示貼介有字的、貼取字帕與旦旦作撕介雜旦姑娘且安歇一回、又何苦勞動、旦

有才都有恨【風檢才】且毀了淚句冰綃怕留下恨種情苗。作咳嗽暈倒雜旦扶介姑娘休要自己生氣、

旦【中都悄】猛然的神昏耗。心目搖搖。幾待殞倒。將火盆移近些、貼移近旦抛詩帕入火貼搶介完了、都燒壞了、取下旦【恨蕭郎】憑他慧火焚愁稾。何須又惜爨下桐焦高山流水知音杳

紫鵑妹妹、雜旦應介你是我最知心的、雖是老太太派來伏侍這幾年、我當你親姊妹一般看待的、雜旦掩淚介

【商調集曲】【入仙奏樂】【水紅花】多承你伴愁人月夕與花朝

絮叨叨不許人煩惱數年來一般的耐盡了煎熬【漁父】知心著意的靑衣少【囀林鶯】只指望裊煙常侍雲翹隨肩並影同悲笑又誰知一蕣先凋【山坡羊】悶的你有誰共調悶的你似失羣孤鳥只怕到寒食淸明夢兒中尚把我姑娘叫（雜旦哭倒介）你休要如此、我還有話囑咐你、（雜旦哽咽應介）我死之後、叫他們念親戚分上、把我這口棺木是要送到我爹媽墳上去的、【寄生子】非我死尚癡迷戀著雲

母光中冰肌玉貌可知咱雙親久拋寒燐弱骨總
須相靠【高陽臺】倘若是泉途聚首依然也倒得個女
孩家萊斑行孝作暈倒雜旦扶喚介姑娘且自靜
養一回、【二郎神】拼一弄曉風吹去元神散蕩驚飄
冷汗透心窩心亂攪扶我進去罷、雜旦扶介旦【集賢
賓】咳事到今朝只待的斷魂縹緲
同下老旦扮李紈上
【南呂集曲】癡新郎【癡冤家】猛地裏聽的惡耗教我掩淚來

到。這都是鳳姐兒、〈賀新郎〉妄談金玉天緣妙。累的他心盟木石輕拋掉。姻緣簿生圈套。

我李宮裁、聽說林妹妹不好了、因此急急趕來、咳姐妹之中、他的容貌才情、惟有青女素娥可以髣髴一二、小小年紀、就做了北卭怨女、眞是可憐、來此已是瀟湘館門首、怎麼寂無聲息、場內旦直聲喚寶玉你好寶玉你好老旦頓足痛哭介內奏細樂老旦、呀、那里來的一片音樂之

聲、且向房中看他去、下貼哭上姑娘阿你眞是、

【商調集曲】秋夜哭春花【秋夜雨】琉璃小命不堅牢。一縷的香魂消散了負心人錦帳風和埋恨女靈帷月冷似這般酸苦憑誰告我好恨這狠心短命的、【哭梧桐】一向裝喬。可憐我姑娘認了他是、把寄意眞情來表。只落得今日裏、他別枝栖穩同心鳥。你長眠孤館少人弔。老旦上看來今夜是不能入殮的了、雜旦上大奶奶、你是有情有義、還來送我姑娘、也不

枉相好一塲、似他們這般相待呵、（滿園春）說甚麼掌中珠金屋藏嬌太太是姑嫂爭如姊妹好老太太是親生女早亾了信他們讒口花言巧炎涼態我知道（淨扮林之孝家的上）奉二奶奶吩咐叫紫鵑姑娘去扶新人、來此已是、姑娘、二奶奶喚你去呢、（雜旦作惱介）奶奶請罷、姑娘已是死了、我們自然就要出去的、（淨冷笑介）姑娘這些閑話、是告訴得二奶奶的嗎、（老旦）爲甚麼叫他、（淨附

耳雜旦點頭介呀既如此叫雪雁去罷、一樣的、

淨大奶奶說了就是、下雜旦〈水紅花〉任你去高堂

相報。我、、、青衣女、到、、不肯強、、承歡笑。只願的永守著

舊窗綃。咳姑娘呵、想你滚愁積恨怎生消。也囉。

老旦掩淚介好孩子、你把我的心都哭亂了、且

止悲痛、好商量正事、

〈鶯啼序〉啼煞這是瑤花易謝數難逃。總。不。許。紅。顏。壽。

考。方纔聽得隱隱一陣音樂之聲、想必是接你姑

娘去成仙的、你也休得太傷感了、料的他趁罡風夢遠雲遥。雜旦如此尚可、【尚遶梁煞】稍寬我一分煩惱。姑娘呀、你便貝闕逍遥休要把我抛。

焚稾

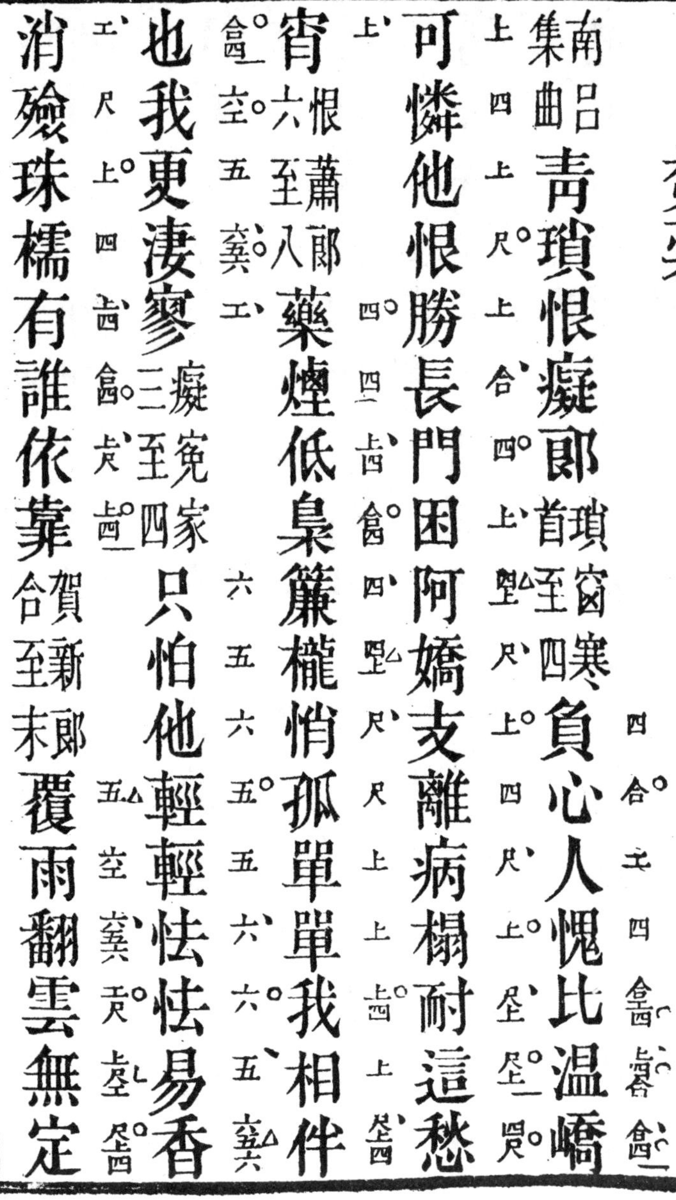

南呂集曲 青瑣恨癡郎瑣窗寒首至四負心人愧比溫嶠可憐他恨勝長門困阿嬌支離病榻耐這愁宵恨蕭郎六至八藥爐低臯簾櫳悄孤單單我相伴也我更淒寥癡冤家三至四只怕他輕輕怯怯易香消殘珠穤有誰依靠賀新郎合至末覆雨翻雲無定

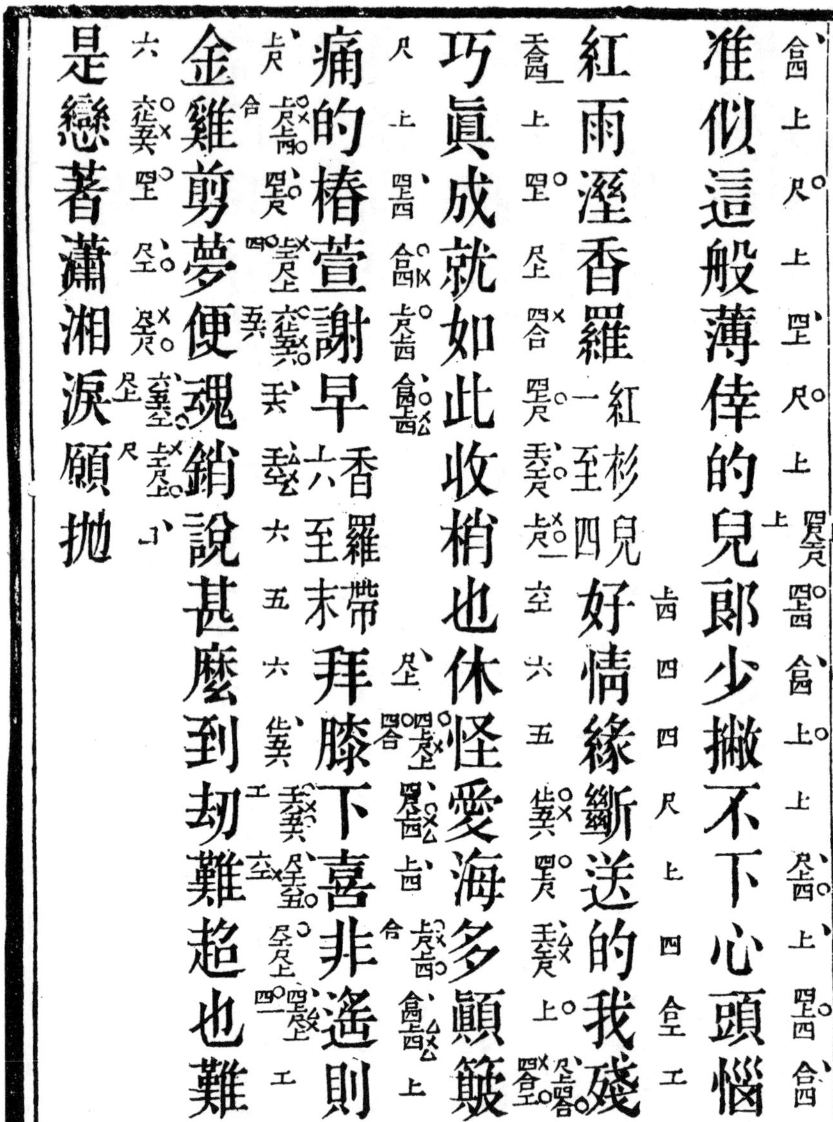
准似這般薄倖的兒郎少撇不下心頭惱
紅雨溼香羅
紅衫兒 一至四
好情緣斷送的我殘生
巧真成就如此收梢也休怪愛海多顛簸只
痛的椿萱謝早
香羅帶 六至末
拜膝下喜非遙則盼
金雞剪夢便魂銷說甚麽到刼難超也難道
是戀著瀟湘淚願拋

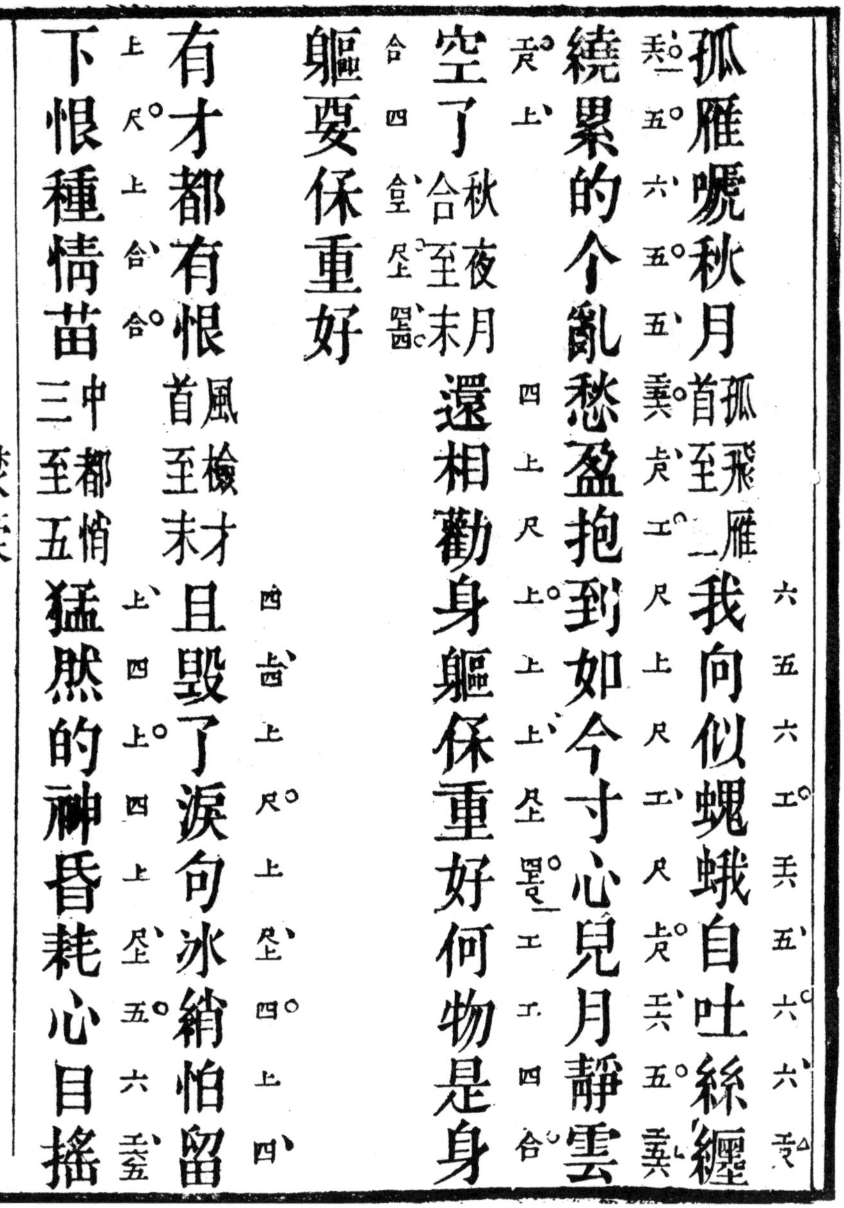

六 五 六 工 五六 五 六 六 六五

孤雁唬秋月 孤飛雁首至二 我向似蜩蛾自吐絲纏

五六 五 六 五 五 五六 尺六 工 尺 上 尺 工 尺 尺六 六五 五 五六

繞累的个亂愁盈抱到如今寸心兒月靜雲

尺六 上 四 上 尺 上 上 上 上尺 四上 工 工 四 合

空了 秋夜月合至末 還相勸身軀保重好何物是身

合 四 合四 尺上 四上

軀要保重好

四上 上四 上 尺 上 尺上 四 上 四

有才都有恨 風檢才首至末 且毀了淚句冰綃怕留

上 尺 上 合 合 上 四 上 四 上 尺上 五 六 六五

下恨種情苗 中都俏三至五 猛然的神昏耗心目搖

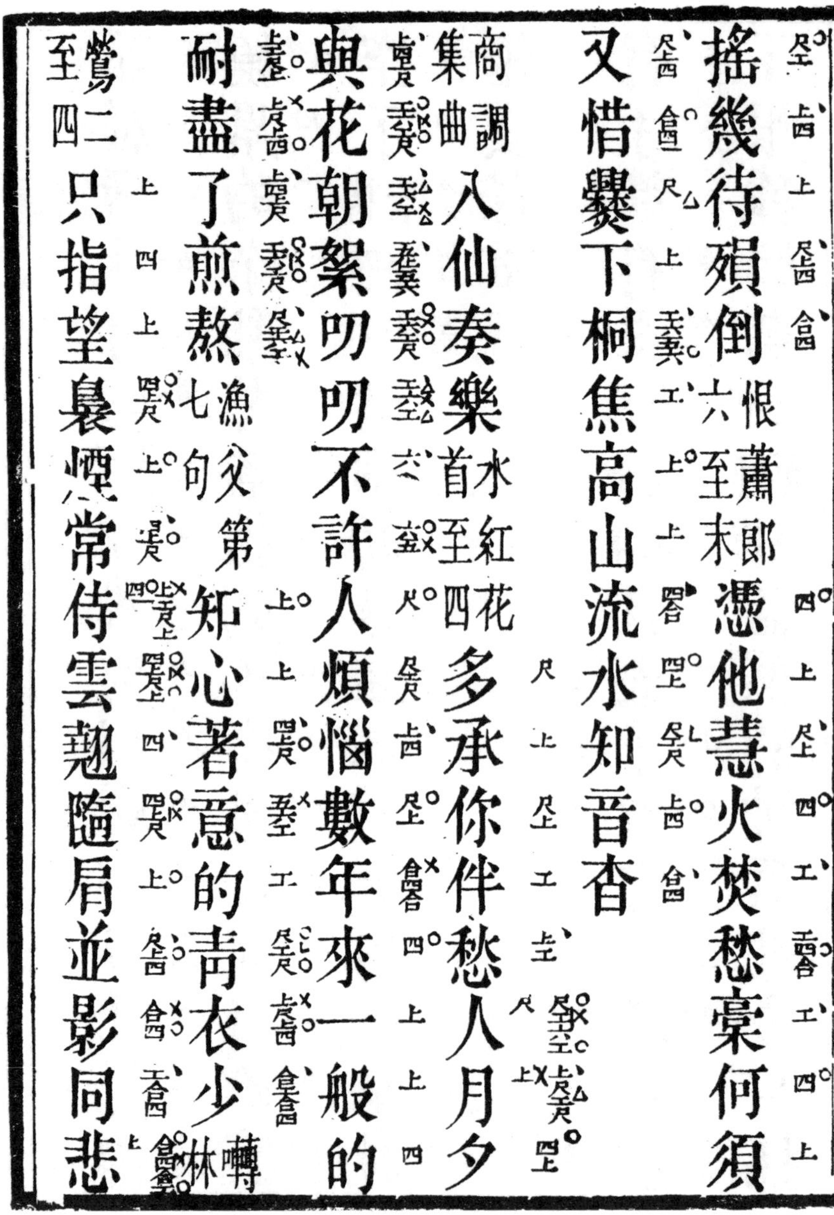

搖幾待殞倒〔恨蕭郎〕六至末憑他慧火焚愁裊何須

又惜爨下桐焦高山流水知音杳

〔商調集曲〕〔入仙奏樂〕〔水紅花〕首至四多承你伴愁人月夕

與花朝絮叨叨不許人煩惱數年來一般的

耐盡了煎熬〔漁父第七句〕知心著意的青衣少〔囀林

鶯〕二至四只指望裊煙常侍雲翹隨肩並影同悲

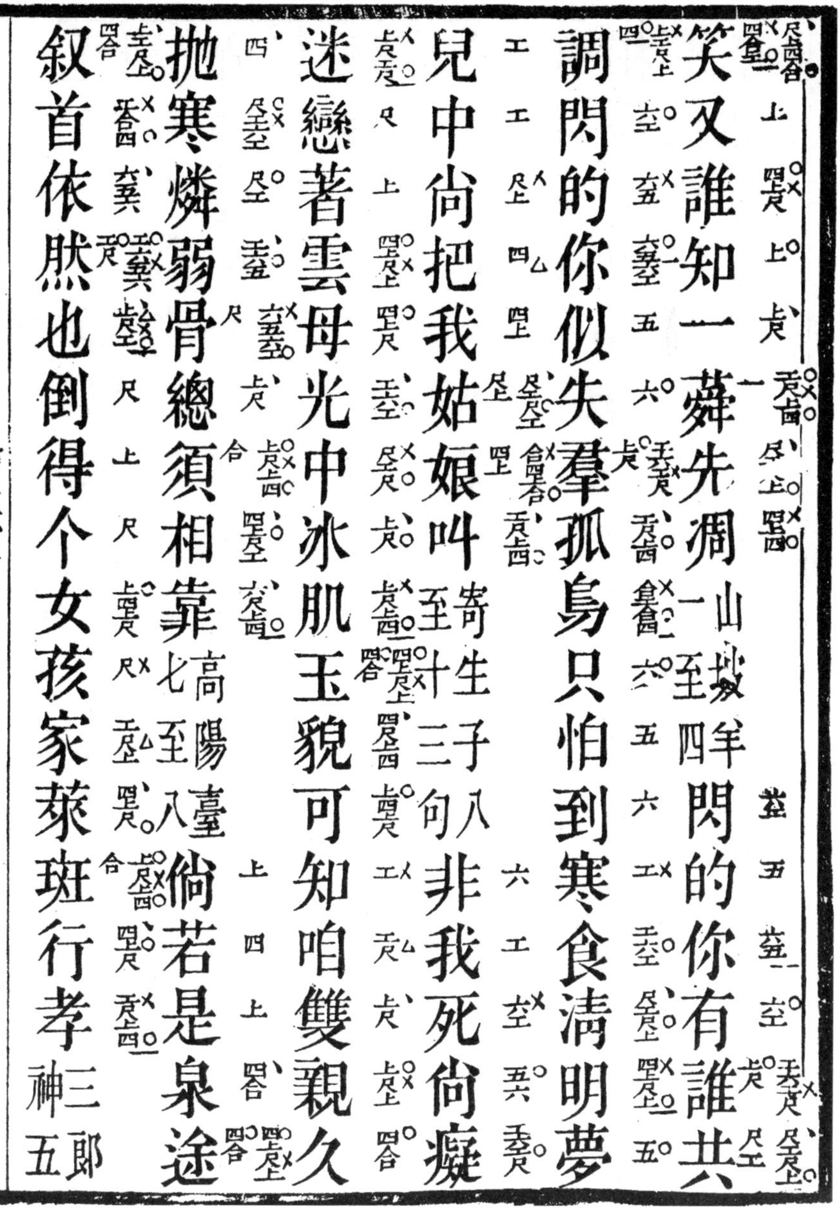

笑又誰知一𦶜先凋山坡羊一至四悶的你有誰共

調悶的你似失羣孤鳥只怕到寒食清明夢

兒中尚把我姑娘叫寄生子八至十三句非我死尚癡

迷戀著雲母光中冰肌玉貌可知咱雙親久

拋寒燐弱骨總須相靠高陽臺七至八倘若是泉途

叙首依肰也倒得个女孩家菉斑行孝三郎神五

至拚一弄曉風吹去元神散蕩驚飄冷汗透

心窩心亂攪集賢賓合至末事到今朝只待的斷魂

飄渺

南呂集曲　癡新郎首癡究家至二猛地裏聽的惡耗教我

掩淚來到賀新郎合至末妄談金玉天緣妙累的他

心盟木石輕拋掉姻緣簿生圖套

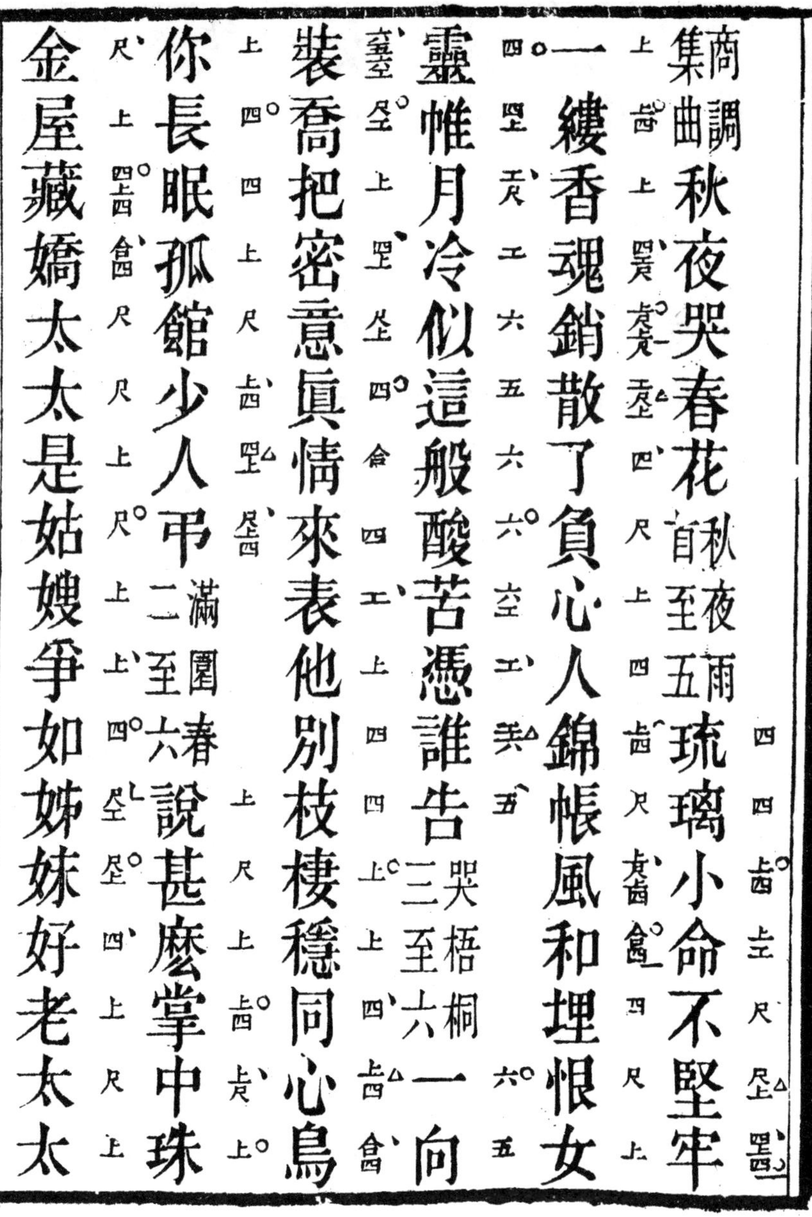

商調集曲

秋夜哭春花（秋夜雨首至五）琉璃小命不堅牢一縷香魂銷散了負心人錦帳風和埋恨女靈帷月冷似這般酸苦憑誰告（哭梧桐三至六）一向裝喬把密意眞情來表他別枝棲穩同心鳥你長眠孤館少人弔（滿園春二至六）說甚麼掌中珠金屋藏嬌太太是姑嫂爭如姊妹好老太太

上　尺上　尺四　尺合四　尺四　合　四　尺　上　四　四上尺上　五合　四上　合四工　工　四　四上

是親生女早亾了信他們讒口花言巧炎涼

尺上　上四　尺上四　尺合四　五　五六　五　六　五六　五尺　工　四　上　上

態我知道（水紅花　六至末）任你去高堂相報我青衣

四　尺　上　上　合　四　上　尺上　上　上　四　上四　上　四　五六　工　工

女到不肯強承歡笑只願的永守著舊窗綃

上　尺　上　四　上　尺　上四　上　上四　合四尺上

想你滚愁積恨怎生消也囉

尺　上　四　上　五六　上五尺上　五六　四　工　五六　尺上　上　上　四

嚥煞（鶯嚥序　首至三）這是瑤花易謝數難逃總不許

合四尺上　尺上　五四　合　五　六　六　仩　六　六　五　五六尺上　尺上四　合四

紅顏壽考料的他趁罡風夢遠雲遥（尚遶梁煞　二至）

末稍寬我一分煩惱你便貝闕逍遥休要把我抛

紅樓夢散套圖　冥昇

蟾波閣

紅樓夢散套第十四

荆石山民填詞

冥昇雜四人扮雲童推雲上舞雜旦八人扮仙姬持蜺旌羽節上

（商調）【折梧桐】霧捲雲驅。寶絡排空過。碎佩叢鈴。璈管鏘風和。緩步擡裰。兀是烟鬟彈蘼。綠蘭香來迎倩女離靑瑣。

我等乃絳珠宮女史是也、今日絳珠娘娘、解脫情塵、超昇幻境、因此排下彩仗、接上丹霄、向雜

旦介彩伴奏樂、內合十番雜旦向內介請娘娘不昧靈光、早返太虛者、雲童暗下旦霓裳舞衣上

【水紅花】猛然間似春蠶頓脫了繭窩纔信的老維摩道我原非我休比那病瑤芳先醒夢南柯權抵做小姮娥把軟紅拋躲說甚是蘭因絮果曇花身世也易消磨烏兎急如梭也囉

雜旦一轉罡風過小刼雜旦二分明月証前身

合敬娘娘想當日青埂留緣、紅樓入夢、不識娘娘此時可還記憶否

旦

【越調】小桃紅我是閃靈光打个小磨陀、下珠宮眉常鎖、也雖則訂三生宿愛應酬他、靈妃幾向迷津墮、累的我對絳羅愁堪斛、提彩筆淚成河、一種種傷心過、也依舊的木石緣訛、鏡裏恩情何苦、獨憐那瀟湘月夜呵、紫鵑啼紅雨聲多

雜旦娘娘今日已超愛海、重返靈河、影事前塵、

不須繫念了、雲童暗上起駕、行介內合十番旦

下山虎 則見蜺旌交引璒蓋低摩看梯霞雲車坐耀銀津紅牆列琛聳碧落紫闕巍峩好教我猛地里悵惘延俄 雜旦指介那一答便是太虛幻境了、若不是女史回身指鬱羅認絳宮還相左 咳纔悟得駒隙韶華一刹那說甚心盟妥逗動了情魔病魔只落得恨縷鐫心尚未磨

呀我問你、我的爹媽、可同在絳珠宮麼、雜旦老

大人受職天曹、不在幻境、旦淚介

五韻美生和死孤悽我盼不到老雙親高堂坐原來是墉城女也愁城難破便証仙班休賀愧蓬萊拜母嗚珂只道從此就可終依膝下、那里知道、返璇臺仍間隔再蹉跎怎如他拔宅飛昇一家兒團圞相合。

雜旦娘娘已返珠宮、相見有日、且休悲感、吉時已屆、雲童們攢行者、衆應行介

【黑蟆令】響笙簫鸞歌鳳歌。列著衆花鬟星娥月娥。不由人微步瑤波。一任我御天風涼透衣羅。看塞路的雲過霧過。把小遊仙新詞細哦。雜旦啟娘娘已到宮門了。旦依然蕊榜差我。好重認瓊文斗蝌。

【尾聲】雜旦合看瀟湘翠竹影婆娑。配的火宅迎歸蓮一朵。旦不知他病神瘓可就把夢兒勘破。

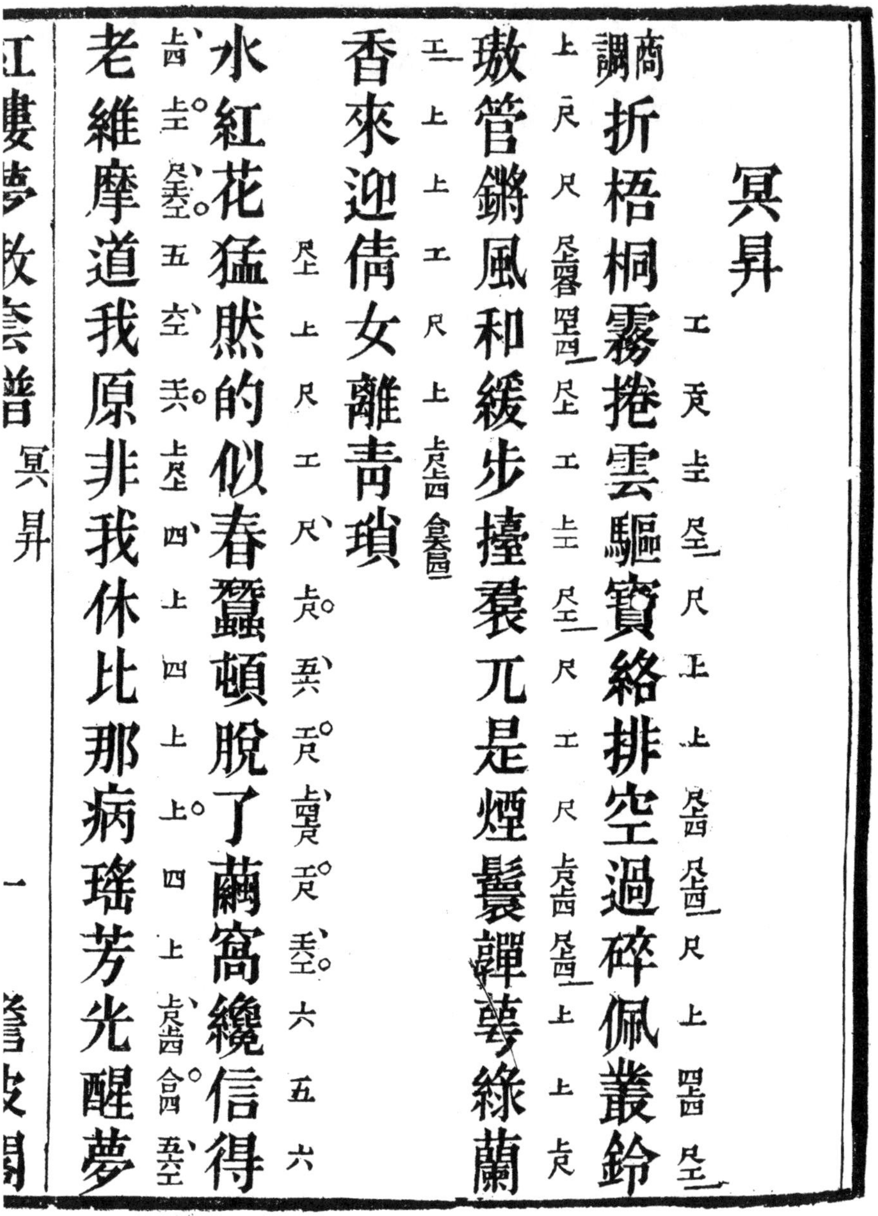

冥昇

商調 折梧桐霧捲雲驅寶絡排空過碎佩叢鈴

璈管鏘風和緩步撎襄兀是煙鬟韡萼綠蘭

香來迎倩女離青瑣

水紅花猛然的似春蠶頓脫了繭窩纔信得

老維摩道我原非我休比那病瑤芳光醒夢

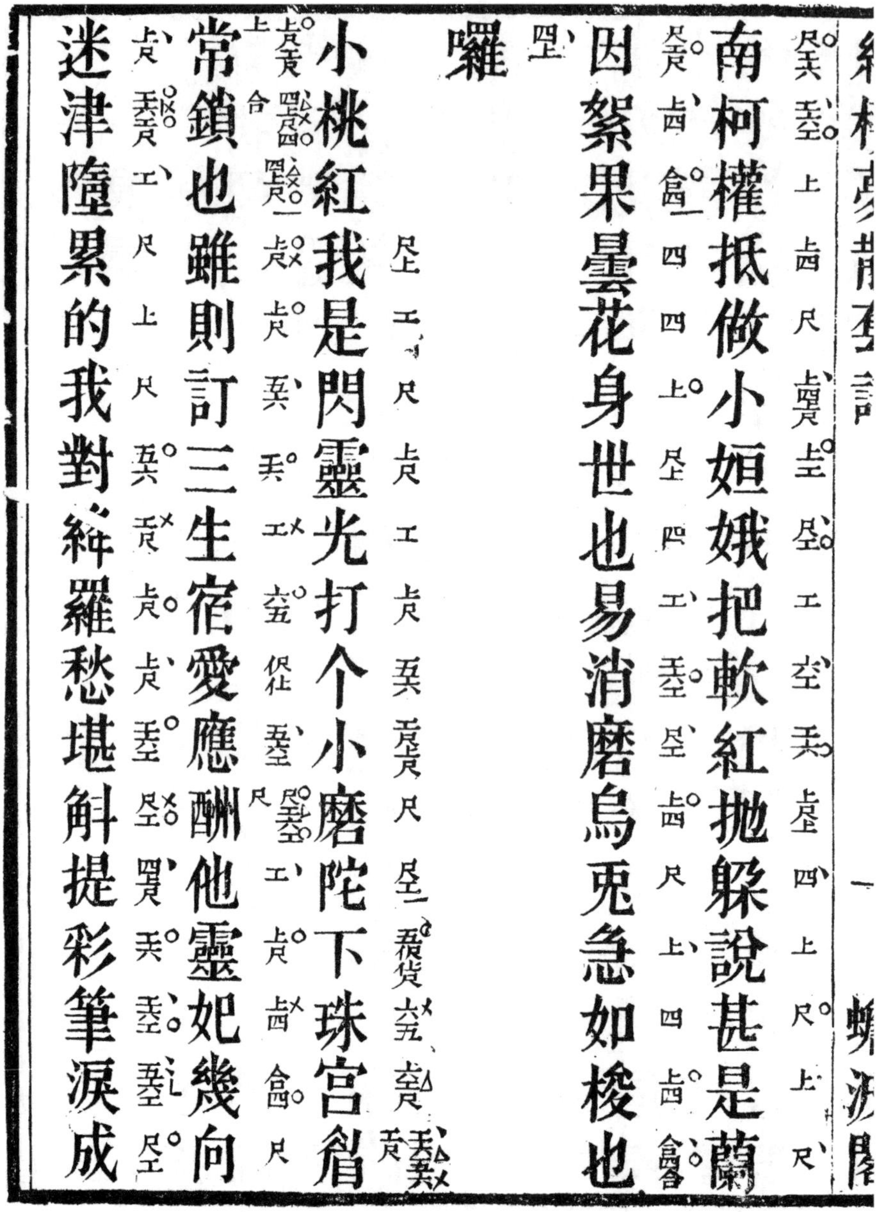
南柯權抵做小姮娥把軟紅拋躲說甚是蘭
因絮果曇花身世也易消磨烏兎急如梭也
囉
小桃紅我是閃靈光打个小磨陀下珠宮眉
常鎖也雖則訂三生宿愛應酬他靈妃幾向
迷津墮累的我對紵羅愁堪斛提彩筆淚成

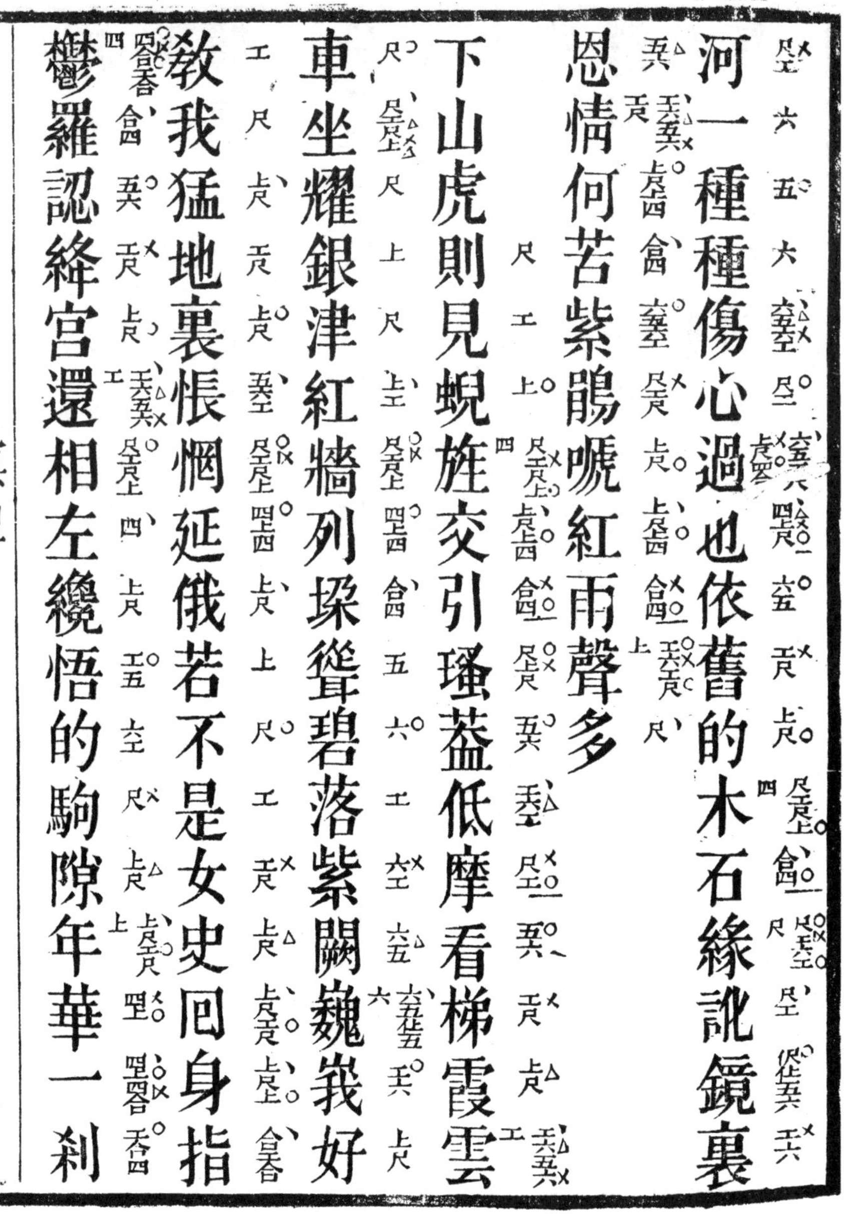

河一種種傷心過也依舊的木石緣訛鏡裏
恩情何苦紫鵑嗁紅雨聲多
下山虎則見蜺旌交引瑤蓋低摩看梯霞雲
車坐耀銀津紅牆列琛聳碧落紫闕巍峩好
教我猛地裏悵惘延俄若不是女史回身指
鬱羅認絳宮還相左纔悟的駒隙年華一刹

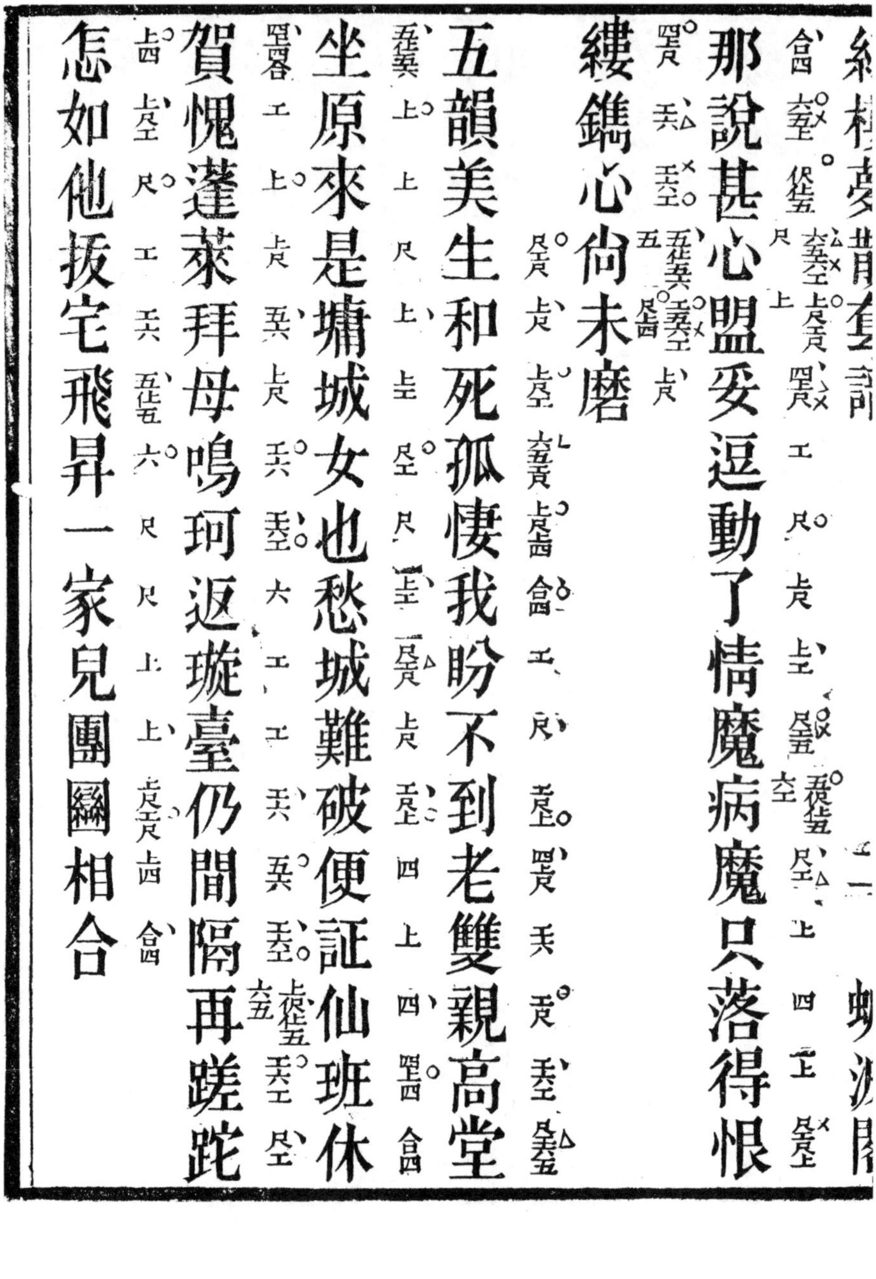

那說甚心盟耍逗動了情魔病魔只落得恨

縷鐫心尚未磨

五韻美生和死孤悽我盼不到老雙親高堂

坐原來是墉城女也愁城難破便証仙班休

賀愧蓬萊拜母鳴珂返璇臺仍間隔再蹉跎

怎如他拔宅飛昇一家兒團圞相合

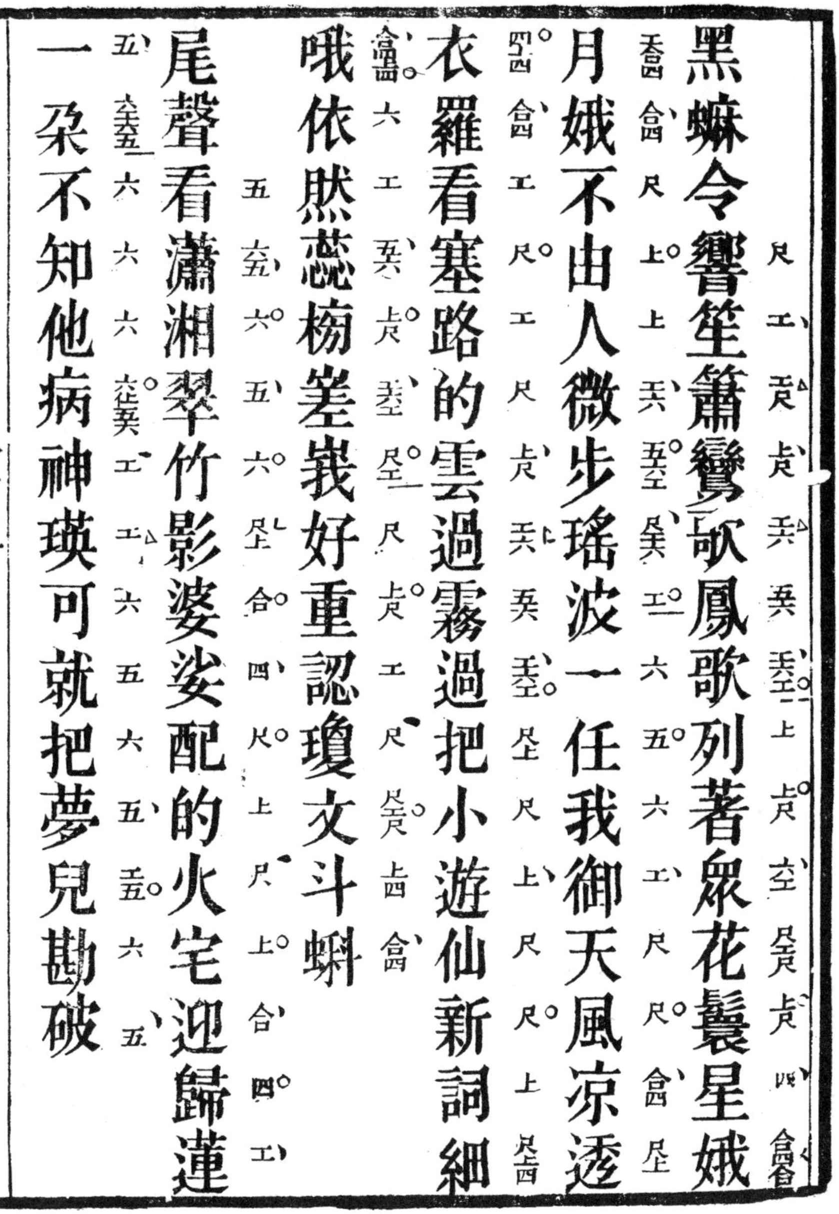

黑𪊎令響笙簫鸞歌鳳歌列著衆花鬟星娥

月娥不由人微步瑤波一任我御天風凉透

衣羅看塞路的雲過霧過把小遊仙新詞細

哦依肰蕊榜𥮉峩好重認瓊文斗蝌

尾聲看瀟湘翠竹影婆娑配的火宅迎歸蓮

一朵不知他病神瑛可就把夢兒勘破

紅樓夢散套圖　訴愁
蟾波閣

紅樓夢散套第十五

荆石山民塡詞

訴愁 生上

【北黄鍾】【醉花陰】弔影慙魂深太息。活怕了羅紈叢裏。爲什麽留下我受孤栖。眼睜睜木石緣非。又強認是畫眉墹走酆都。尙恐路途迷轉。做个未亾人如旅寄。

小生自從失玉以來、被病魔所困、神志昏迷、林妹妹驟歸黄土、小生娶了寶釵、眞是聚九州之鐵鑄成大錯、可恨阿可恨、我前日在病中、已到冥關、那人説黛玉並不在此、咳林妹妹是一定瑤宫去了、我這濁物、可有慧根、好去尋他、孤另一身、遇著花辰月夕、無非助人悲悼、絶似李後主所説、此中只以眼淚洗面的日子、怎生過得、一腔心事、只可訴與紫鵑、怎奈我幾次低聲下氣的向他、他從没有一句話兒回我、今晚他們

都到老太太跟前去了、且待紫鵑到來、和他訴說一番、稍舒愁悶者、雜旦扮紫鵑上

南呂 南南 金蓮子 淚偷嚦。翠。竹。依。然。彩。鳳。飛。好教我隻影無依。怕見他蛩璮鴛帳人歡喜。

生 呀紫鵑姐姐請坐了、我求你今日把姑娘臨去的一番語言情景、告訴我知道、雜旦 二爺到還念著我們的姑娘麼、人已死了、提他則甚、小生 咳紫鵑姐姐、你在此終日眼見的、還不曉得

我這苦情麼、

北南呂菩薩梁州　那裏是玉鏡夫妻這的是赤繩誤繫斯人病迷結下衿縭我幾曾春風並翼樂雙棲我幾曾比肩影到菱花裏只落得臨風對月長吁氣千秋恨我和你怎麼蕙性蘭心尚未知更添我濕哭乾噓

雜旦　二爺到底要問我姑娘什麼、生　紫娟姐姐、他們作弄的、好端端把一个林妹妹斷送了、就

是他死、也該叫我見个面兒、說个明白也罷、前日三姑娘說的、林妹妹臨死、好不怨我、雜旦冷笑介這也有之、那宵呵、

梁州序他身凭燕几、鐙殘芳苡、懨懨喘息輕微、有誰探問、可憐寂寞寒扉、眼前只有我知心小婢、生泣雜旦掩淚咳、異樣酸辛、我也難追憶、只見他恨聲呼寶玉、漸聲低、一縷香魂銷散兮、此等事、可堪題、

生作哭暈介雜旦二爺醒醒、生我這柔腸寸斷

矣、總是我害的如此了、

賀新郎說甚麼斷腸人遠事休題便天上人間怎肯恁伊我和他七條絃知音有幾我和你兩同心苦衷難譬絫的他玉碎珠霏眞是絳紗消瘦影黃土伴香肌想浮生似夢眞何必但只是靈河重見日我兀是把頭低

紫鵑姐姐、我想當日晴雯死了、我還做了篇祭

文去祭他、你姑娘曾替我改過、我如今靈機一點都沒有了、連祭也不能祭他一祭、你姑娘豈不更怨著我麼、（雜旦）

【賀新郎】又何用楮筆虛辭染斑筠瀟湘一祭總不能把泉下人重新扶起況是他參透西來最上機將文字因緣拋棄焚詩帕可知矣便蠻箋血漬也均無益枉教費這心機

（生）林妹妹恨是該恨我的、只是我如今死又不

能、活又傷心、這種景況、紫鵑姐姐、你尚不能體諒我、想妹妹豈能鑒我心跡、可憐我眞是無處申訴的了、

【隔尾】憑誰知我愁塡臆。只道戀著新姻志漸移。那知是佯裝的笑嬉。背地傷悽。枕畔衾邊淚成迹。

內作鐘聲介　呀這鐘聲是櫳翠菴來的、我不到瀟湘、將有半載、不知風景如何了、雜旦　眞令人不堪回首也、

南商調【集賢賓】茜窗中戀殘紅蛛網細冷月照靈衣寒螿唧唧閑苔砌燕巢空吹墮香泥鏡暗塵飛怎教我撫今憶昔猛歔欷轉眼的殘生有幾

小生泣介雜旦 咳二爺這般念舊、可是我姑娘命薄了、

北商角調【梧葉兒】生 那里是紫玉生年短這多是韓童命格低 咳 甚處著瑤姬他恨海超香象我愁山聽夜雞生、扭做比翼錦翎齊生、扭做比翼錦翎齊怎

曉我眠飡都廢。

紫鵑姐姐、林妹妹仙化之時、室有異香、空中吹下音樂之聲、想你也聽見的了、雜旦 是有的、

【南商調】梧桐樹 碧落悠悠玉笛飄。隱隱金鐘擊。風過簾間一陣靈芬起。多應早在墉城裏。緩步雲程可好帶我青衣免似了孤雀無枝向別个爭閑氣早難道成仙作佛是硬心的

雜旦 二爺夜深了、請進房去罷、生

淚裏來煞浸心窩酸辛味只盼丹霄有路現雲梯
倘若是蘭期尚遙難覓跡便待空山面壁纔不負
三生禪訂免了墮泥犁

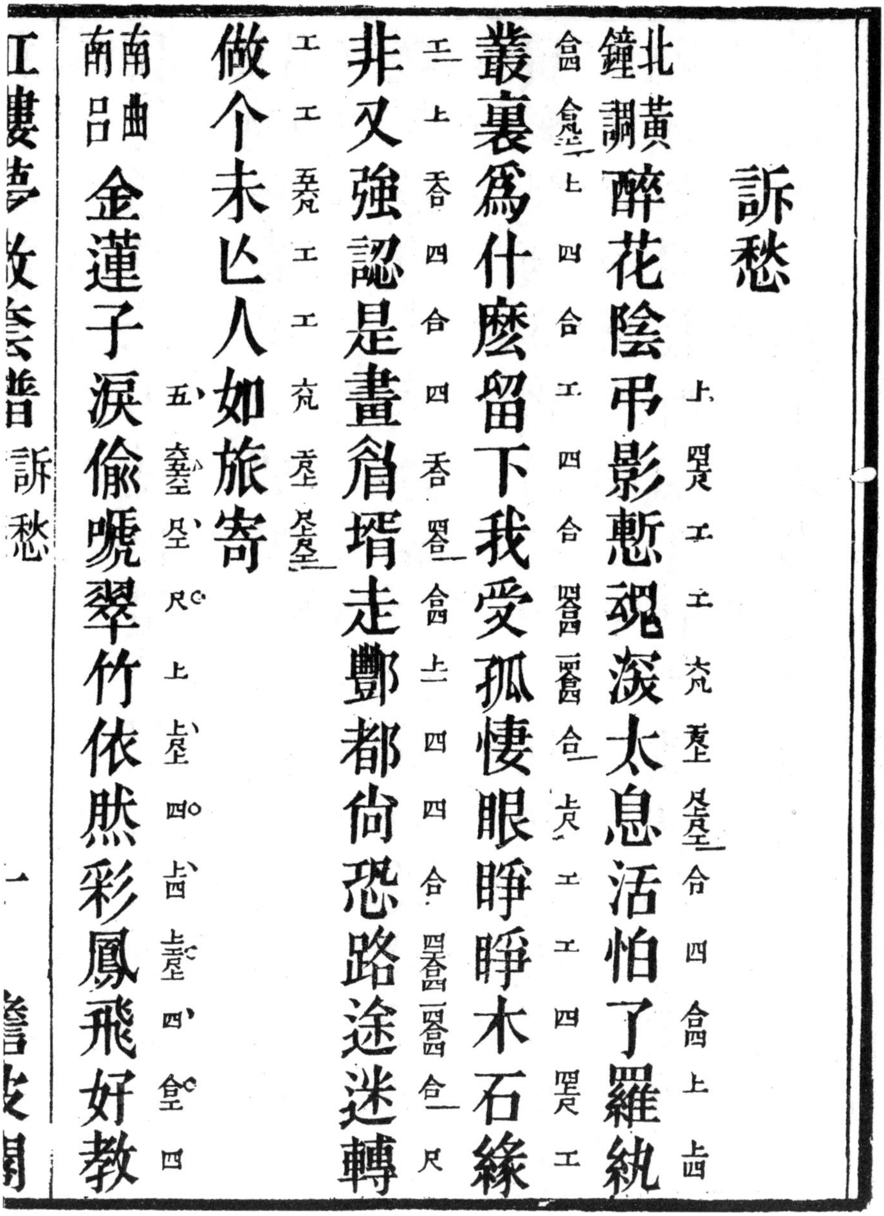

訴愁

北黃鐘調 醉花陰 弔影慚魂淚太息活怕了羅紈叢裏爲什麽留下我受孤悽眼睁睁木石緣非又強認是畫眉壻走鄷都尚恐路途迷轉做个未亾人如旅寄

南曲南呂 金蓮子淚偷嚥翠竹依然彩鳳飛好教

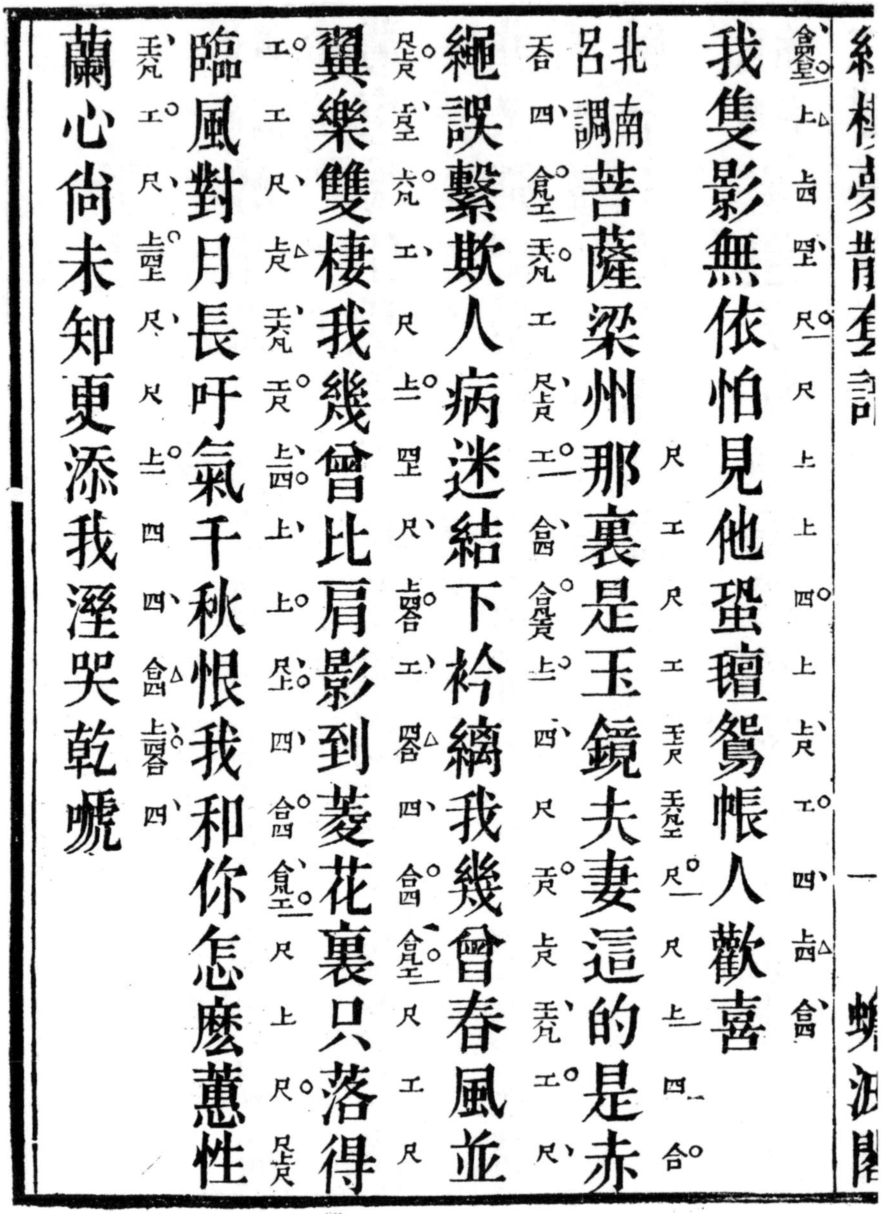

我隻影無依怕見他蛩蟺鴛帳人歡喜

北南呂調 菩薩梁州那裏是玉鏡夫妻這的是赤繩誤繫欺人病迷結下衿褵我幾曾春風並翼樂雙棲我幾曾比肩影到菱花裏只落得臨風對月長吁氣千秋恨我和你怎麼蕙性蘭心尚未知更添我溼哭乾唬

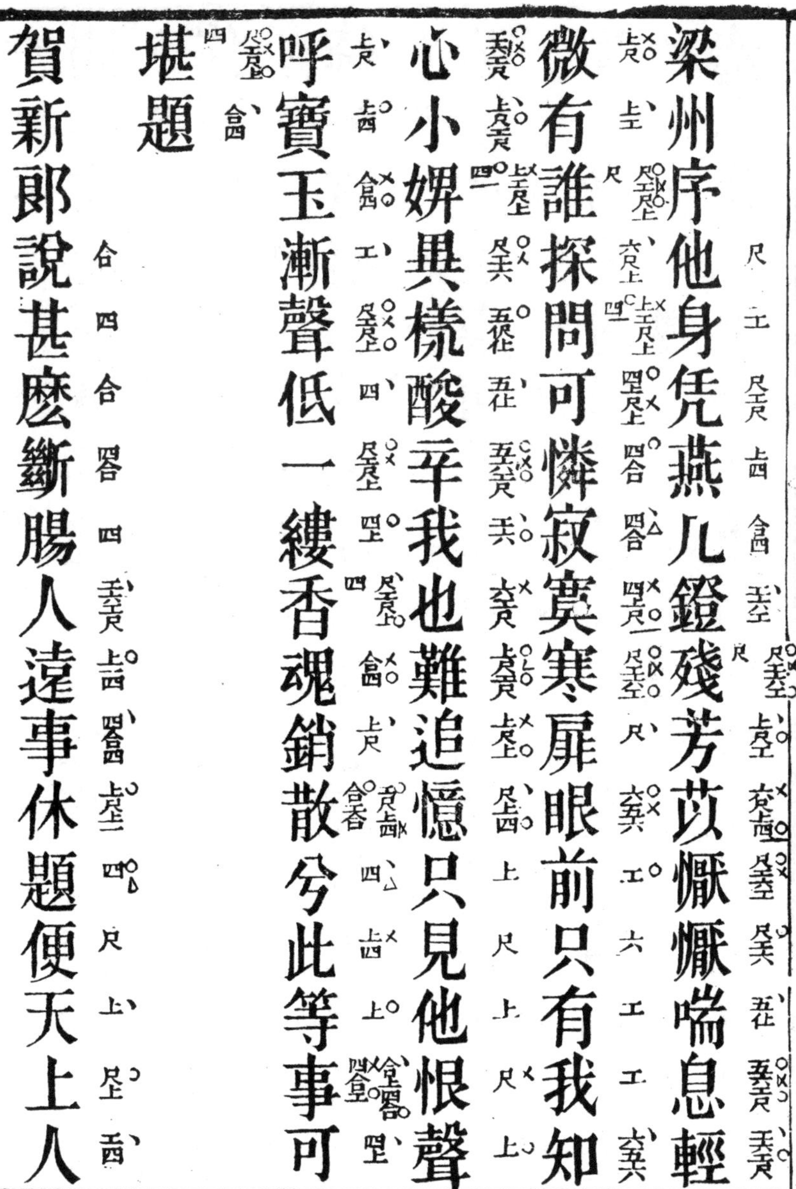

梁州序他身凭燕几鐙殘芳苡㦖㦖喘息輕

微有誰探問可憐寂寞寒屏眼前只有我知

心小娉異樣酸辛我也難追憶只見他恨聲

呼寶玉漸聲低一縷香魂銷散兮此等事可

堪題

賀新郎說甚麽斷腸人遠事休題便天上人

間怎肯忘伊我和他七條絃知音有幾我和
你兩同心苦衷難譬累的他玉碎珠霏眞是
絳紗消瘦影黃土伴香肌想浮生若夢眞何
必但只是靈河重見日我兀是把頭低
賀新郎又何用楮筆虛辭染斑筠瀟湘一祭
總不能把泉下人重新扶起況是他參透西

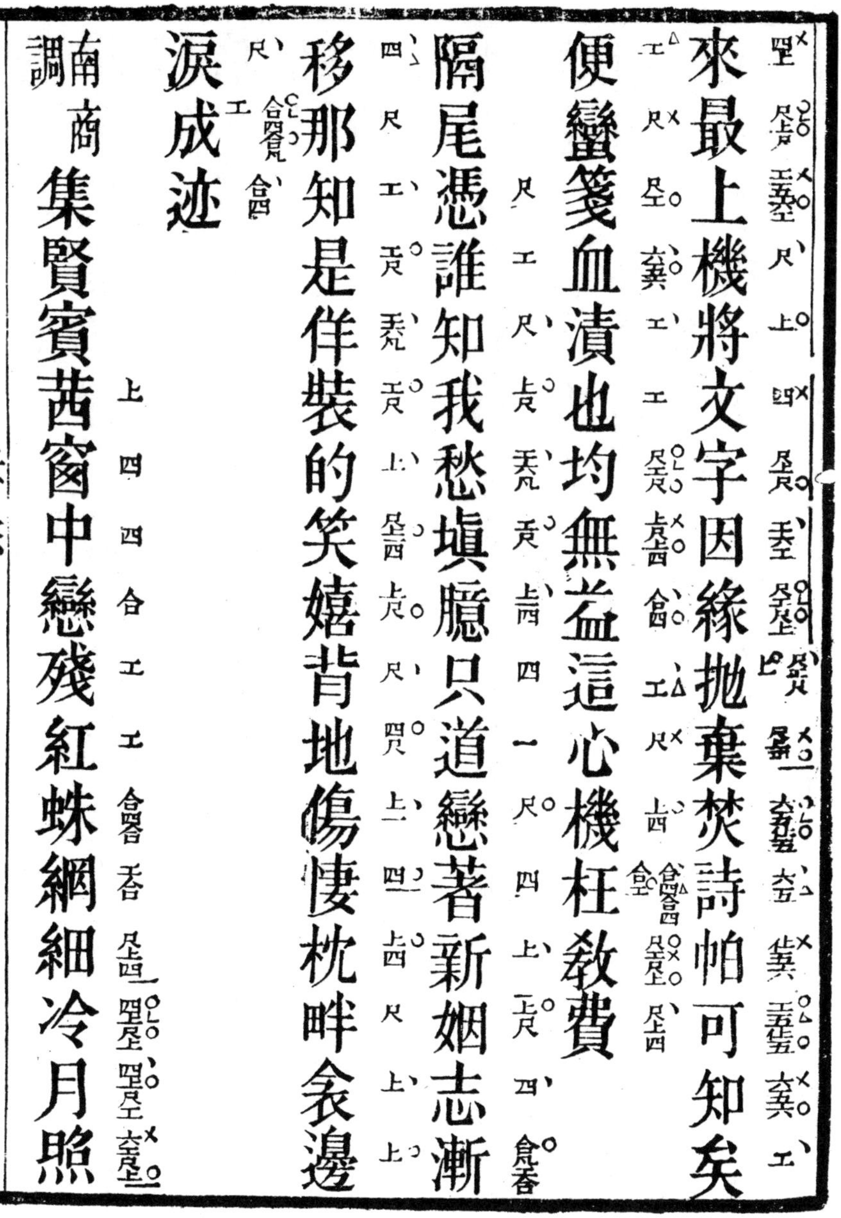

來最上機將文字因緣拋棄焚詩帕可知矣
便蠻箋血漬也均無益這心機枉教費
隔尾憑誰知我愁塡臆只道戀著新姻志漸
移那知是佯裝的笑嬉背地傷悽枕畔衾邊
淚成迹

南商調　集賢賓茜窗中戀殘紅蛛網細冷月照

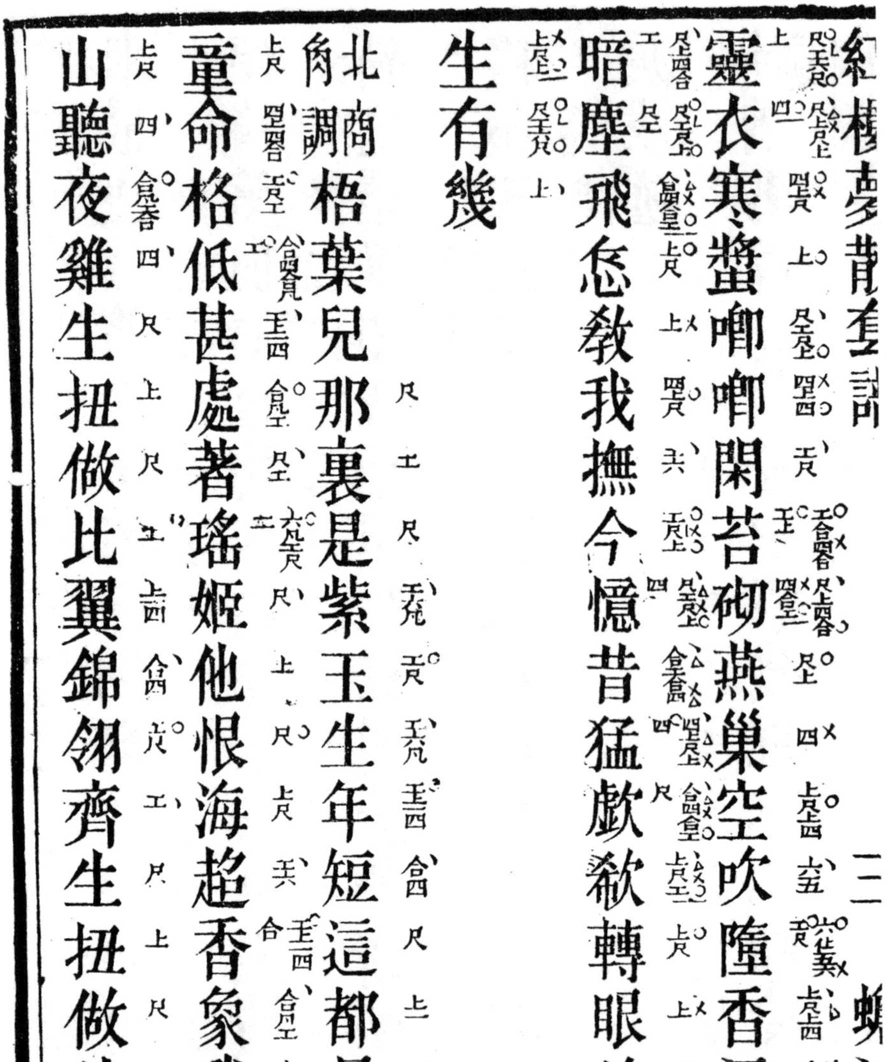
紅樓夢散套　三　蟾波閣
靈衣寒螿唧唧閑苔砌燕巢空吹墮香泥鏡
暗塵飛怎教我撫今憶昔猛歔欷轉眼的殘
生有幾
北商角調　梧葉兒那裏是紫玉生年短這都是韓
童命格低甚處著瑤姬他恨海超香象我愁
山聽夜雞生扭做比翼錦翎齊生扭做比翼

錦翎齊怎曉我眠飡都廢

南商調 梧桐樹

聽碧落悠悠玉笛吹隱隱金鐘擊風過簾間一陣靈芬起多應早在芙蓉城裏緩步雲程可好帶我青衣免似了孤雀無枝向別个爭閑氣早難道成仙作佛是硬心的原裏來煞浸心的酸辛味只盼丹霄有路現

四 合一 四 合 四 合 四 四合 四 合四 合工 合四一 尺 工 尺 尺 工尺

雲梯倘若是齒期尚遙難覓跡便待空山面

上尺工一 四 上 尺 上 上 合四 合工 合 上 四合 四 上一

壁纔不負三生禪訂免了墮泥犁

工婁壽文奇圖　覺夢

魯文司

半霞張泰寫

紅樓夢散套第十六

荆石山民塡詞

覺夢 貼一手執花一手執鏡上

【如夢令】摘斷愁苗癡種飛上海山驂鳳太息小神瑛尚在迷津酣縱情重情重笑煞春風一夢

我乃秦氏可卿是也、癡情夙業、綺歲身亾、歸入太虛幻境、警幻仙姑、命我掌管這些怨女癡男三生因果、兹因瀟湘妃子、償完淚債、已返太虛

青埂峯下、那塊頑石、尚迷塵刦、著我引他夢魂、再登幻境、悟出前後因緣、好待大士真人領歸正覺、早證菩提、就此前去者、

北雙調【甜水令】素袂飄霞、黃裙拂霧、罡風送冷、天路步玲瓏、用鏡向內照介憑着俺鏡底曇光、燭醒他南柯郡內、瑤臺虛境、怕他不火裏蓮生、

你看神瑤夢魂將待來也、我先去回覆仙姑者、

正是堪嘆古今情不盡、可憐風月債難酬、下生

上

沉醉東風猛逗了瀟湘舊影驟然間淚滴紅冰路蒼茫天昏暝好教俺意懸懸風枝難定呀便是黃泉也問聲可曉得顰卿名姓

雜旦扮尤三姐捧劍繞塲下生這是尤家三姐兒呢、

風入松他是个望夫山上小鍾情閉繡苑守心盟恨湘蓮錯把浮言聽累嬌娃鴛劍捐生想來此間

眞个是冥途了、也罷、盼着个故人見也好問覓卿行徑

這曠野地方、那里倒有琳宫玉宇、莫不是神仙境界麼、作看徧介太虚幻境、看對介假作眞時眞作假、無爲有處有還無、呀這所在我曾來過的、沉吟介

折桂令 踏瓊梯琳宇重登依然的桂殿芝亭晃耀着丹篆題銘曾記當筵樂奏仙韶杯泛仙醽莫不

是林妹妹呵駕笙鶴早歸玉京。敎洎來特叩雲扃。怎。不。見。翠。羽。明。璫。玉。佩。搖。聲。

記得這廂房內橱中堆著冊子、且喜又得取來一看、作看冊驚異介是了、果然機關不爽、妹妹們的壽夭窮通、全在此了、必要細細玩熟、這番回去、做一个未卜先知的、也省了多少煩惱、豈不是好、

【駐馬聽】造化難爭。原來玉折蘭摧皆分定。塵緣畫

餅只須片紙註三生這的是黃櫨點上謫仙名璇臺判下桃花命虛牽燕婉情從今好自澄心省

雜旦上你又發呆了絳珠宮宣你呢生好了鴛鴦姐姐快快帶我回去罷雜旦我非鴛鴦奉妃子之命特來請你生那妃子究係何人雜旦不必細問見了自然知道生隨行介

小將軍朱欄卸砌愔愔靜琅玕戛玉東丁這顆是什麼草雜旦這是靈河上絳珠草已歷塵劫近

日初歸眞境、生 此中必是花神所居了、姐姐我問你、靈簫伴高會墉城可有个掌芙蓉一女卿

雜旦 這个除是我主人、定然曉得、生 你主又係何人、雜旦 就是瀟湘妃子了、生 這妃子是我表妹呀、雜旦 此乃上界神女、何得與凡人有親、少混說、待我先去通報、你且在此候宣罷、場上掛繡簾旦花冠緜服上坐宮女兩人左右立介生 好个所在、

〔雁兒落〕珠簾翡翠屏這是七寶莊嚴境那里是極樂化城中界道金繩正〔得勝令〕但見些雲葉髻眉青霧捲小娉婷莫不是地下崔羅什遇著天官曾女生瓏璷把仙音細聽偷驚漫猜他尹與邢漫猜他尹與邢

宮女請侍者參見、捲簾生看介原來妹妹在這里、教我好想、宮女這侍者無禮、快快出去、垂簾介旦引宮女暗下生這是那里說起、

【前腔】迷離事不明教俺甚處來掃証難道恁獨上蒔藍天不問人間信我與寶姐姐這姻緣呵、金鎖强和成那里是玉杵負雲英爲甚麼郭窗傳嚴勅不許他麻姑近蔡經吞聲嘆銀牀斷綆心疼溼青衫血淚傾溼青衫血淚傾

雜旦扮鳳姐迎春晴雯金釧繞場向生迴顧下

生 可好了、原來囘到自己家裏了、

【川撥棹】甫能彀到家庭一霎時迷關兒頓清 向內

望介呀怎麼這些女子、變了一班鬼怪、同著力士趕上來了、急走介諕的俺戰戰兢兢戰戰兢兢那須見倘敢消停怎脫得這魔境

内扮力士鬼怪各四名繞場追生生急避介淨扮老僧外扮老道上淨我乃茫茫大士是也、外我乃渺渺眞人是也、淨卓錫力士鬼怪下淨奉元妃娘娘旨意、持來救你、生師父我方纔看見好些親人、都不理我、忽然又變了鬼怪、到底是

夢是眞。外向淨笑介咳癡兒尚不了悟、淨向生

介世上情緣都是魔障、那里是眞、那里是假、試

說與你聽者、

仙呂混江龍開闢鴻濛安排下這太虛幻境好替那

癡男怨女了寃情一霎裏意綿綿花嬌柳鞞一霎

裏花慘慘玉碎珠零今日的黃土隴中埋窈窕是

前宵紅綃帳底臥婣娙你看他沐恩波雉翟翬衣

蘊靈根筠廊湘館一般的丢下了皮囊革袋枉了

他弄聰明使機巧秉月貌擅風情更嘆他嘉耦難諧更怨耦也難諧總只是不多時彩畫灰瓶便玉樹雙榮也貶眼價虛名兒落了這一幅銀泥紫誥獨羨他把節華勘破這纔得終身兒受用著佛火青鐙較勝了嬌娃遠嫁弱女偷行鬧紛紛愁擾擾眞个是半宵綺夢一局樸枰便做道巧成就慶團圝諧老夫妻也不過一彈指證三生就算有好根基大福分終須撒手那里有億萬年錦片前程怎

及得拜金容皈鷲嶺把這座絳珠宫化做了兜率的天庭人散圜空落了片白茫茫大地眞干淨生合掌介弟了省了也、淨外合昔日个繡屏中旣慙柳惠今日裏煙霄外休愧孫登

旦扮警幻仙姑引貼上恭喜大士眞人、情緣完結了、淨外仙姑稽首、且幸頑石點頭好待秋闈過後、度他超升火宅便了、向貼介仍勞送他夢魂歸去者、

【煞尾】（淨）神瑛你石火光中休久停（外）須記著善法堂前歡愛永（旦）可卿你此去人間呵、休得要夢覺重生入夢情

覺夢

北雙調【甜水令】素袂飄霞，黃裳拂霧，罡風送冷，天路步蛉蛢。憑著俺鏡底曇光，燭醒他南柯郡內，瑤臺虛境，怕他不火裏蓮生。

【沉醉東風】猛逗著瀟湘舊影，驟然間淚滴紅冰。路蒼茫天昏瞑，好教俺意懸懸風枝難定。

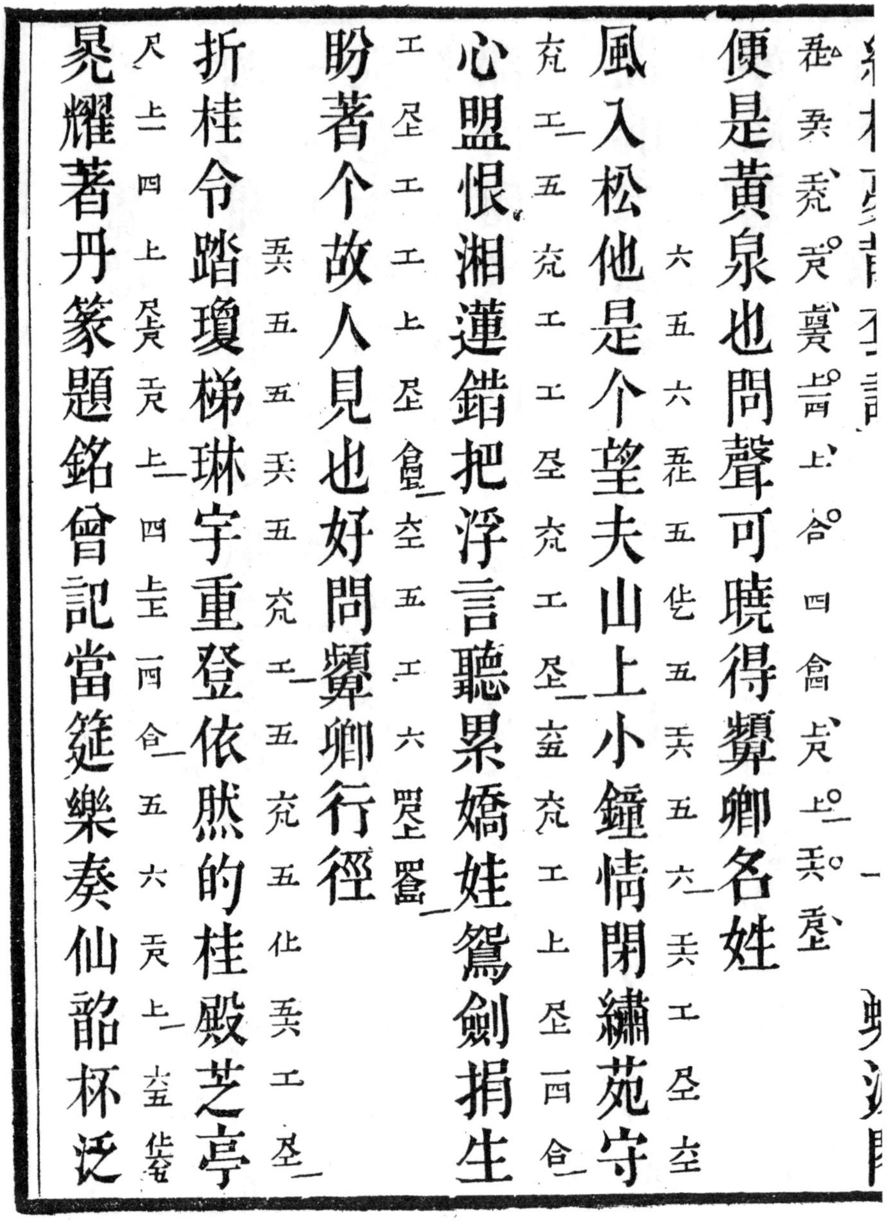

乙上 尺六 工尺 尺工 工尺 四上 上 合 四 合四 尺 上 六五 尺工

便是黃泉也問聲可曉得韓卿名姓

六 五 六 五仩 五 仩 五 六五 五 六 六五 工 尺 尺工

風入松他是个望夫山上小鐘情閉繡苑守

工尺 工 五 工尺 工 工 尺 工尺 工 尺 五工 工尺 工 上 尺 一四 合

心盟恨湘蓮錯把浮言聽累嬌娃鴛劍捐生

工 尺 工 工 上 尺 合四 尺工 五 工 六 六五 六五

盼著个故人見也好問韓卿行徑

六五 五 五 六五 五 工尺 工 五 工尺 五 仩 六五 工 尺

折桂令踏瓊梯琳宇重登依然的桂殿芝亭

尺 上 四 上 尺工 工尺 上 四 上四 一四 合 五 六 工尺 上 尺五 仩五

晃耀著丹篆題銘曾記當筵樂奏仙韶杯泛

六凡 工 五六 尺 工 六凡 工 上尺 工 尺 上 四 四 尺 一四 合 工

仙嚭駕笙鶴早歸玉京教咱來特叩雲扃怎

尺上 工 五六 上尺 工 工 尺 上尺 四 工尺上 上

不見翠羽明璫玉佩搖聲

五 五 六凡 工 尺 工 五六 上尺 工 工 上 合四 合上 工

駐馬聽造化難爭原來玉折蘭摧皆分定塵

五六 五 尺上 五尺 六 五 尺上 上尺 五尺 上 五六 尺上 工 尺 工 六凡 工

緣畫餅只須片紙註三生這的是黃爐點上

五六 五 六 尺 工 五六 五尺 五上 六 五尺 上 上 四上 合四 上 尺上 工

謫仙名璇臺判下桃花命虛牽燕婉情從今

四 上 尺 工 上四

好自澄心省

小將軍朱欄鉀砌愔愔靜琅玕戛玉東丁靈

五 六 五仩 五六 仩伬 仩 五 工 伬 工 尺工 尺 上 工

簫件高會墉城可有个掌芙蓉一女卿

六 五 六 五六 五仩六 六 工 六工 六 五六 五六 五 六 上四 上

雁兒落珠簾翡翠屏這是七寶莊嚴境那里

仩 五 仩 五六 五六 六 工 工 六工 六 六 五六尺 尺 工 尺

是極樂化城中界道金繩正得勝令但見些

尺 五六尺 尺 尺 四 上 五六 六工 六 六 五 五仩 五 六

雲葉鬢眉青霧捲小娉婷莫不是地下崔羅

工 工 五六 五 六 五仩 六工尺 尺 上 五六 尺 工 五六 六工 六

什遇著天官曾女生瓏璠把仙音細聽偷驚

上 五六 尺 五六尺 尺 上 四 上 仩五 六 六工 仩五 六 五六 六尺 六工 尺工

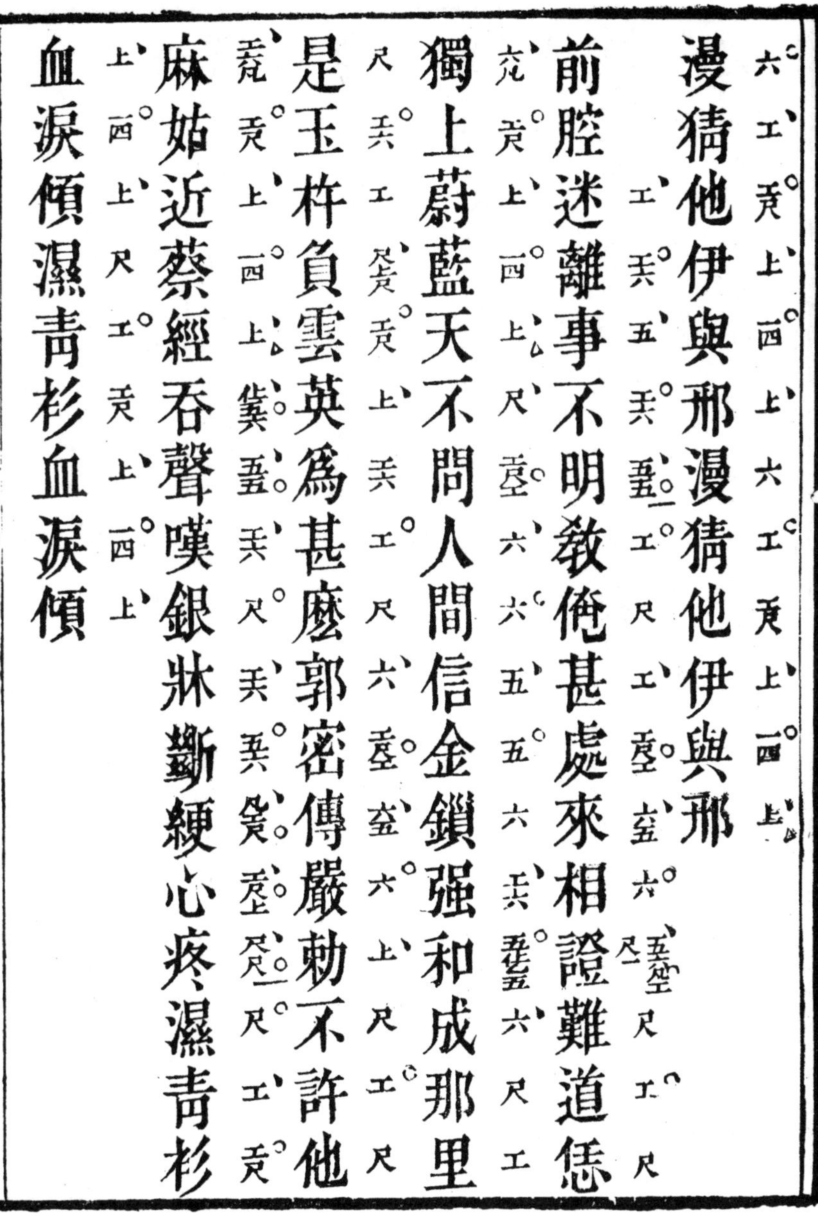

六工尺上四上六工尺上四上

漫猜他伊與那漫猜他伊與那

工伬五五伬五乙五工尺工乙五乙五六五乙尺工尺

前腔迷離事不明教俺甚處來相證難道恁

六凡工尺上四上尺乙五六六五五六伬五六尺工

獨上蔚藍天不問人間信金鎖强和成那里

尺五六工乙五工尺上五六工尺六乙五乙五六上尺工尺

是玉杵負雲英爲甚麼郭密傳嚴勅不許他

五尺工尺上四上乙五乙五五六尺五六五六乙五乙五乙五尺工工尺

麻姑近蔡經吞聲嘆銀牀斷綆心疼濕青衫

上四上尺工工尺上四上

血淚傾濕青衫血淚傾

六工六五六五六工尺工尺尺工尺工上五上

川撥掉甫能勾到家庭一煞時迷關兒頓清

五六工六仩五六五六工五六五六上上六五六仩五五五

唬得俺戰戰兢兢戰戰兢兢那些兒尚敢消

六五六五工五六上四上

停怎脫得這魔境

六五六凡凡五六五六五六五六

北仙呂　混江龍開闢鴻濛安排下這太虛幻境

尺五六尺工尺五六尺上五六六五尺工尺六工尺六

好替那痴男怨女了寃情一霎裏意綿綿花

六上五上五尺工尺工上尺尺上尺四合六六五工上尺上

嬌柳䩍一霎裏心慘慘玉碎珠零今日的黃

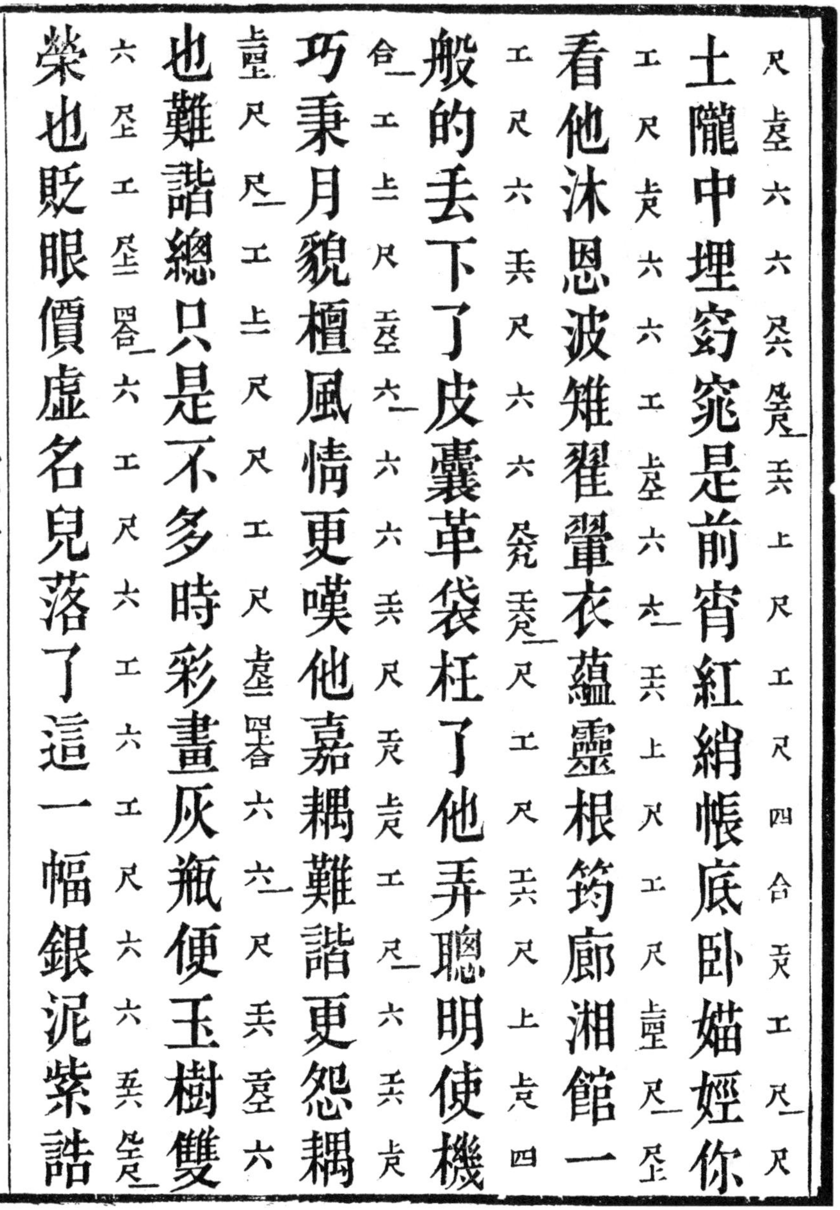

尺 工 六 六 五六 尺工 六五 上 尺 工 尺 四 合 工尺 工 尺 尺
土隴中埋窈窕是前宵紅綃帳底臥嫱娙你
工 尺 工尺 六 六 工 工 六 六 五 上 尺 工 尺 工 尺 工
看他沐恩波雉翟翬衣蘊靈根筠廊湘館一
工 尺 六 五六 尺 六 六 六五 六五 尺 工 尺 五六 尺 上 工尺 四
般的丟下了皮囊革袋枉了他弄聰明使機
合 工 上 尺 工 六 六 五六 尺 工尺 工尺 工 尺 六 五六 工尺
巧秉月貌檀風情更嘆他嘉耦難諧更怨耦
工 尺 尺 工 上 尺 尺 工 尺 工 四 六 六 尺 五六 工 六
也難諧總只是不多時彩畫灰瓶便玉樹雙
六 工 工 四合 六 工 尺 六 工 六 工 尺 六 六 五六 尺
榮也貶眼價虛名兒落了這一幅銀泥紫誥

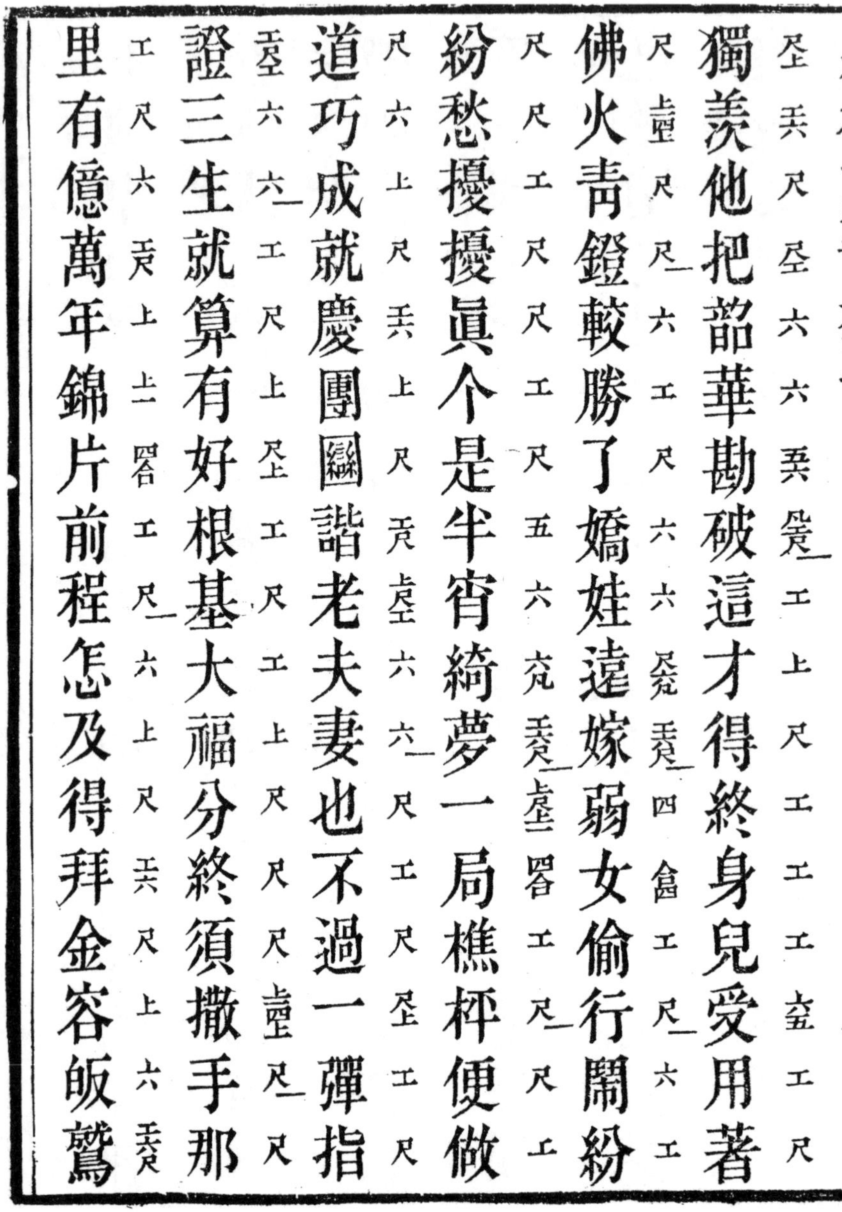

尺上 五六 尺 尺上 六 六 五六 尺乙 工 上 尺 工 工 工 五工 工 尺

獨羨他把節華勘破這才得終身兒受用著

尺 上尺上 尺 尺 六 工 尺 六 六 尺乙六 五尺 四 合 工 尺 六 工

佛火青鐙較勝了嬌娃遠嫁弱女偷行鬧紛

尺 尺 工 尺 尺 工 尺 五 六 六凡 五尺 上尺上 四合 工 尺 尺 工

紛愁擾擾眞个是半宵綺夢一局樵枰便做

尺 六 上 尺 五六 上 尺 五尺 上尺上 六 六 尺 工 尺 尺上 工 尺

道巧成就慶團圝諧老夫妻也不過一彈指

五尺上 六 六 工 尺 上 尺上 工 尺 工 上 尺 尺 尺 上尺上 尺 尺

證三生就算有好根基大福分終須撒手那

工 尺 六 五尺 上 上 四合 工 尺 六 上 尺 五六 尺 上 六 五六尺

里有億萬年錦片前程怎及得拜金容皈鷲

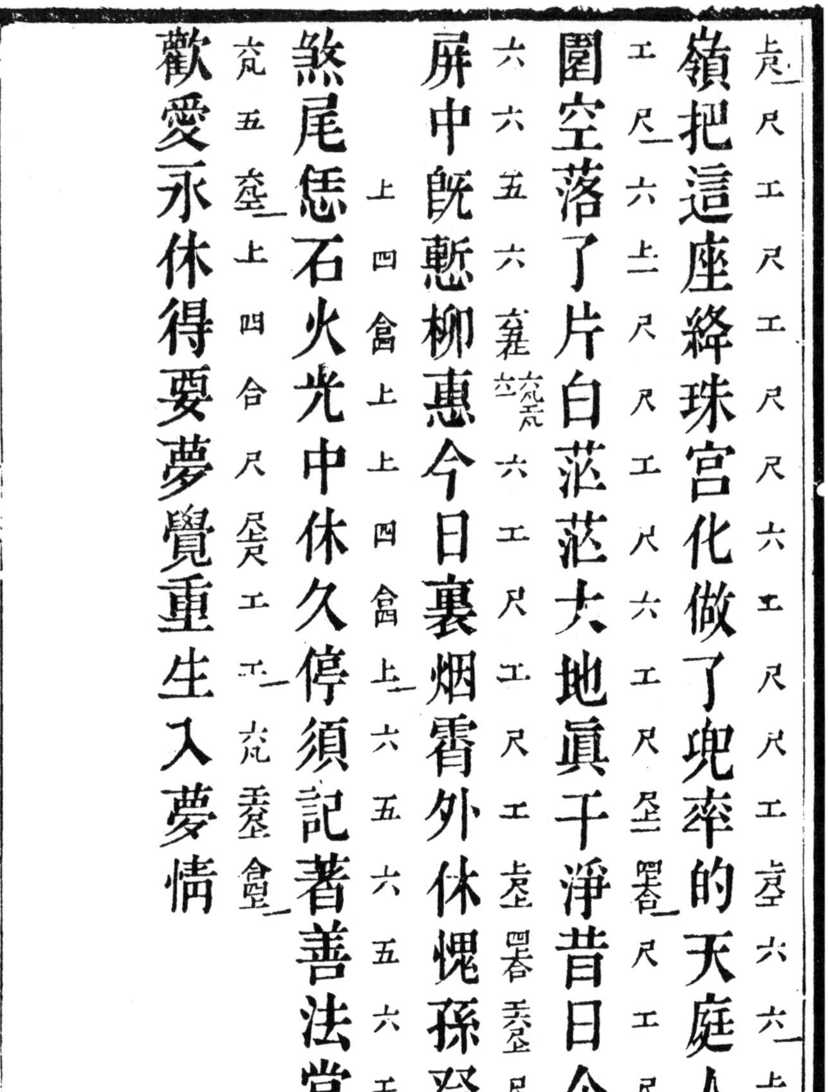

仩尺 尺 工 尺 工 尺 尺 六 工 尺 尺 工 仩 六 六 仩尺 四合

嶺把這座絳珠宮化做了兜率的天庭人散

工 尺 六 上 尺 尺 工 尺 六 工 尺 四合 尺 工 尺 五

圜空落了片白茫茫大地眞干淨昔日个繡

六 六 五 六 五六 六尺 六 工 尺 工 尺 工 仩 四合 五六 尺

屏中旣慙柳惠今日裏烟霄外休愧孫登

上 四 合 上 上 四 合 上 六 五 六 五 六 工 工

煞尾恁石火光中休久停須記著善法堂前

六尺 五 五六 上 四 合 尺 尺工 工 工 六尺 五六 合四

歡愛永休得耍夢覺重生入夢情

ISBN 978-7-5010-7480-8
9 787501 074808 >
定價：130.00圓